UNE INTRODUCTION AU
Bouddhisme

CHAD MERCREE

LES PETITS LIVRES D'ÉSOTÉRISME

UNE INTRODUCTION AU Bouddhisme

… LIBÉREZ LE POUVOIR QUI EST EN VOUS …

MARABOUT

Traduction d'Audrey Dinghem

Publié pour la première fois en 2015 par Sterling Publishing CO., INC., USA, sous le titre *A LITTLE BIT OF BUDDHA : An Introduction to Buddhist Tought.*

Cette édition a été publiée avec l'accord de Sterling Publishing Co., Inc., 1166 Avenue of the Americas, New York, NY, USA, 10036.

SOMMAIRE

INTRODUCTION : QU'EST-CE QUE LE BOUDDHISME ?

De ses humbles origines aux confins de l'Inde jusqu'à sa récente expansion aux quatre coins du monde, le bouddhisme a su préserver son message simple, fondé sur l'éveil spirituel, et a inspiré des centaines de millions d'adeptes. Aujourd'hui, on recense plus de trois cents millions de bouddhistes modernes, ainsi que des millions d'autres personnes s'inspirant du message de Bouddha. L'intérêt pour le bouddhisme a nettement explosé en Occident après que le dalaï-lama, leader de l'une des principales branches du bouddhisme, s'est exilé du Tibet en 1959. Cette *Introduction au bouddhisme* présente le monde des bouddhistes et les mots du Bouddha de façon simple et claire. En chemin, vous découvrirez aussi quelques pratiques bouddhistes de base, pour vous faire une première idée de ce que le bouddhisme a à offrir.

Le bouddhisme tire ses racines de la vie et des enseignements de Siddhartha Gautama, l'homme que l'on appelle le Bouddha. Ce dernier a diffusé une méthode de libération de soi et rejeté les dieux et les déesses hindous de son Inde natale. Il apprenait à ses disciples à chercher en eux-mêmes le développement spirituel et la sagesse, et proposait une voie simple, bien qu'exigeante, vers l'illumination ou sagesse transcendante.

Lorsqu'une personne parvient à l'illumination, elle se libère du processus de retour incessant à la vie, appelé « réincarnation ». Au lieu de cela, les êtres illuminés transcendent le temps et l'espace, et accèdent à une nouvelle forme d'existence, hors de la réalité telle que nous la comprenons. Au fil des millénaires, les disciples du Bouddha ont développé des myriades d'interprétations sur la signification véritable de ses enseignements et la meilleure façon d'atteindre l'illumination. Aujourd'hui, il existe diverses écoles de bouddhisme, et les enseignements du Bouddha ont été intégrés à de nombreuses disciplines spirituelles.

Le monde moderne grouille de distractions. Elles semblent proliférer de jour en jour, sous la forme de minuscules gadgets, d'une course à qui aura la carrière la plus lucrative ou d'une répétition sans fin des cycles d'informations diffusées en continu. Le monde extérieur sollicite constamment notre attention par l'exploitation de procédés de plus en plus insidieux. Les bouddhistes assidus n'y voient que des distractions qui éloignent l'Homme de la voie spirituelle et n'offrent que des plaisirs éphémères. Ils considèrent le temps comme une ressource précieuse et tâchent d'en consacrer un maximum au développement de leur conscience, en vue de l'illumination.

Nous nous plaignons d'avoir des vies trop chargées. Chaque génération idéalise les jours d'antan, où tout semblait toujours beaucoup plus simple. Cela vous surprendra peut-être, mais c'était déjà le cas à l'époque du Bouddha, ainsi qu'au cours des 2 500 dernières années. Qu'elles soient liées à nos devoirs familiaux, aux bouleversements sociaux, au changement environnemental ou à la poursuite de nos rêves et de nos objectifs personnels, l'activité et les distractions rythment nos vies. D'après les bouddhistes, ces expériences de vie peuvent être de puissants outils pour atteindre l'éveil spirituel, mais elles ont trop souvent tendance à monopoliser notre attention et à nous empêcher de saisir l'instant.

Le bouddhisme est devenu une religion extrêmement complexe, à l'instar de toutes les grandes religions. Il existe des milliers de textes sur le bouddhisme, écrits dans des dizaines de langues différentes. Beaucoup se ressemblent, et il serait impossible d'en faire un recueil fondamental ou de les rassembler au sein d'une narration unique. Nous tâcherons plutôt de commencer par le début puis d'observer l'histoire et le développement de la pensée bouddhiste. Le chapitre 1 reviendra plus de 2 500 ans en arrière, pour déterminer comment Siddhartha Gautama est devenu le Bouddha et quels ont été ses premiers enseignements. Nous découvrirons ce que l'on sait du début de la vie du Bouddha et quels ont été les événements fondateurs de son illumination. C'était un homme ordinaire qui a vécu une vie extraordinaire, avant de mourir vers l'âge de 80 ans. Il a connu la joie, la tristesse, le plaisir, la douleur, l'espoir et la peur – comme nous tous aujourd'hui. Contrairement à la plupart d'entre nous, il a découvert une méthode pour s'assurer une paix et une joie intérieures totales, sans être affecté par le monde extérieur. Il s'est mis à percevoir la réalité ordinaire comme un rêve très intense, et a appris à s'illuminer de l'intérieur.

Selon la tradition, qui relève peut-être un peu du mythe, à l'âge de 29 ans, Siddhartha a vécu une série d'événements qui l'ont catapulté sur une voie d'éveil spirituel intense, pour une durée de six ans. À son apogée, il a atteint l'illumination, ou nirvana. Il a alors estimé percevoir la véritable nature de la réalité et synthétisé ses croyances sous forme d'enseignements sur les quatre nobles vérités, détaillées au chapitre 2. Le Bouddha a entrepris de transmettre son savoir et a développé ce qu'il appelait la « voie du milieu » ou le « noble octuple sentier vers l'illumination ». Le chapitre 3 explique en quoi consiste l'octuple sentier selon Bouddha, et son rapport avec les quatre nobles vérités.

Partant des enseignements de base du Bouddha, le chapitre 4 explore le processus d'éveil spirituel du point de vue bouddhiste. Les bouddhistes posent un regard fascinant sur le monde, où chaque être existe dans l'une des six réalités oniriques de base, des enfers à la divinité. Nous verrons également comment le karma affecte nos vies actuelles et futures. Le bouddhisme vise l'éveil et le développement de soi, un accomplissement qui demande des années de pratique intensive. Au cours de ce cheminement, les révélations sur soi-même et la nature de la réalité peuvent surgir de façon abrupte, et sont inéluctablement suivies d'autres années de pratique silencieuse. Ces bonds soudains en matière de développement spirituel peuvent survenir n'importe quand. Même si ce processus est propre à chacun, le Bouddha a identifié quatre niveaux d'illumination permettant d'évaluer sa pratique. Le Bouddha a enseigné à ses disciples les trois joyaux qui aident ceux engagés sur la voie de l'illumination à se bâtir un réseau de soutien et à rester concentrés sur l'objectif au bout du chemin. Le chapitre 5 explore chacun des joyaux en détail : le bouddha, le Dharma et le *sangha*.

Quand on leur parle du bouddhisme, les Occidentaux pensent immédiatement au dalaï-lama vêtu d'une étoffe couleur safran et tenant un collier de perles en bois. Il semble heureux et satisfait. Beaucoup de personnes désirent une vie plus paisible et satisfaisante, sans pour autant rejoindre un monastère et se faire moines ou nonnes. Au fil des millénaires, d'innombrables variantes du bouddhisme ont émergé, et beaucoup d'entre elles se contredisent. Certaines se pratiquaient dans des monastères, tandis que d'autres écoles de pensée s'intégraient à la vie de tous les jours. De même que pour le christianisme, l'islam et les autres religions dominantes, le nombre d'adeptes de la philosophie bouddhiste était tel que cela a fait émerger diverses croyances concernant l'apparence et les comportements attendus des véritables fidèles. Cependant, le bouddhisme se définit avant tout comme une voie de la paix et de la compassion. Le chapitre 6 montre à quel point il est facile de pratiquer le bouddhisme dans le monde moderne.

Le bouddhisme consiste à devenir son propre centre, s'éveiller à son véritable soi inné. À quoi cela ressemble-t-il ? Comment peut-on espérer y parvenir en dépit de toutes les distractions et les responsabilités du quotidien ? Le chapitre 7 rappelle l'importance de vivre en partant de son propre centre, quoi qu'il se passe autour. Ainsi, les préceptes du bouddhisme restent les mêmes pour tous, du moine dans son monastère au P.-D.G. de multinationale. Le bouddhisme n'est pas une philosophie de l'esprit, mais du cœur, et aucun aspect de la philosophie bouddhiste n'illustre mieux cette notion que la *bodhichitta*, ou « bonté bienveillante ». La *bodhichitta* est une expression puissante des principes bouddhistes d'amour, de compassion et de sérénité, et c'est l'une des raisons du succès du bouddhisme dans le monde moderne. Vivre à partir de son centre, de la bonté, revient à incarner le principe de *bodhichitta*, la bonté bienveillante. Un bref exercice à la fin du chapitre 7 vous offrira un petit aperçu de la bonté bienveillante que les bouddhistes tâchent de pratiquer au quotidien.

Les bouddhistes considèrent la vie comme un cadeau précieux qu'il ne faut pas gâcher. L'humanité est pour eux l'occasion idéale de s'éveiller spirituellement, et les plus assidus consacrent leur existence à la méditation et au développement spirituel intérieur. Dans le chapitre 8, nous creuserons les concepts bouddhistes de la mort, du temps et de l'indéfectible instant présent, ainsi que la façon dont ils s'inscrivent dans les pratiques spirituelles bouddhistes. Les bouddhistes recherchent l'éveil à chaque instant, dans la vie de tous les jours, lorsqu'ils rêvent et même pendant la mort. Leur vision de la vie et de la mort est fascinante et constitue le cœur de la philosophie bouddhiste.

Même si des techniques guident les individus vers l'éveil, chacun connaît un processus d'éveil qui lui est propre et ne peut être reproduit. Que l'on passe ses journées reclus dans un monastère ou dans un box de travail, la méditation est un élément important de la voie bouddhiste et va de pair avec la pleine conscience. Le chapitre 9 expose les avantages de la méditation et propose un bref exercice pour se forger une expérience personnelle de la pleine conscience.

Dans le monde moderne, peu d'entre nous choisiraient de laisser leur existence entière derrière eux pour aller s'enfermer entre les murs d'un monastère. Tandis que des millions de bouddhistes ont fait le choix de vivre ainsi, des millions d'autres personnes suivent avec dévotion les enseignements du Bouddha tout en menant une vie ordinaire. Elles trouvent alors un équilibre entre vie personnelle, carrière et pratique spirituelle. La philosophie bouddhiste est la voie de la paix, et le chapitre 10 nous montre à quel point il est facile d'équilibrer vie spirituelle et vie matérielle. Aussi compliquée que l'existence puisse paraître, il y a toujours des choses simples à faire pour apporter plus de paix dans le monde. Il suffit de s'en souvenir.

Vous trouverez à la fin de ce livre une liste d'ouvrages recommandés à tous ceux qui souhaitent continuer d'explorer le riche héritage culturel bouddhiste.

Les enseignements du Bouddha sont souvent des messages simples présentés sous une forme complexe. Conscient qu'il était voué à mourir, le Bouddha a expliqué de façon exhaustive et détaillée comment atteindre l'illumination. Il a décomposé chaque concept en catégories et sous-catégories. Il fallait plusieurs heures voire plusieurs jours pour expliquer chaque sous-catégorie. Après la mort du Bouddha, ses disciples se sont mis à débattre de ses enseignements et à approfondir leur analyse. Depuis 2 500 ans, des milliers de bouddhistes écrivent sur les paroles du Bouddha et les pratiques qu'il a partagées. Même si ce livre ne fait que gratter la surface de ces enseignements, les néophytes pourraient se sentir un peu noyés sous le flot d'informations. Si c'est votre cas, reposez le livre pour y revenir un peu plus tard. Cela fait beaucoup à assimiler.

On dit que le bouddhisme est une religion, mais c'est en fait une philosophie qui consiste à traverser consciemment cette vie, afin de vivre éternellement dans une autre vie. L'illumination permet d'accéder à cette autre vie, qui est si étrangère à la conscience humaine qu'il faut la vivre pour vraiment la comprendre. Le Bouddha a dit plusieurs choses intéressantes sur la réalité. La première peut être traduite ainsi : « Nos théories de l'éternité ont autant de valeur que celles qu'un poussin pourrait formuler sur le monde extérieur avant d'être sorti de sa coquille. » Autrement dit, nous ne savons rien de ce qu'il se passe réellement. Le Bouddha a aussi dit : « Seule l'expérience du nirvana permet au sage de le comprendre. » Le bouddhisme se focalise entièrement sur le développement intérieur de soi. Des générations de bouddhistes accomplis ont écrit sur la meilleure façon d'aborder, d'après eux, le développement de soi. Ces maîtres offrent de nombreuses méthodes et théories sur le meilleur chemin vers l'illumination, le niveau le plus élevé de développement personnel. Mais en fin de compte, chaque individu doit parvenir à l'Éveil par lui-même. Le Bouddha a demandé à ses disciples de travailler à leur propre salut. « Ne dépendez pas des autres », a-t-il dit.

Commençons donc par découvrir l'histoire de Siddhartha Gautama, l'homme ordinaire devenu Bouddha.

1

LA VIE DU BOUDDHA

La vie de Siddhartha Gautama est relativement bien connue. Néanmoins, 2 500 ans ont passé depuis sa naissance, et de nombreux détails de son existence ne seront jamais révélés. Les historiens s'accordent à dire qu'il s'agit d'une personne ayant vraiment existé, née et décédée dans le nord-est de l'Inde, près du Népal actuel, vers 560 av. J.-C. Il a connu un profond éveil spirituel après une période de recherche avant de fonder un ordre monastique basé sur ses découvertes et ses expériences.

Les récits des détails de la vie de Siddhartha, tels qu'ils sont présentés dans la littérature bouddhiste, varient d'une secte à l'autre. Les sectes correspondent en quelque sorte aux différentes confessions chrétiennes et, de même que pour Jésus, les témoignages sur la vie et l'époque du Bouddha divergent. Cependant, il est communément admis que ce dernier était issu d'une famille relativement riche de la région de Lumbini, et a grandi dans la petite ville de Kapilavastu. Celle-ci correspondrait, selon certains archéologues, à l'actuel village de Tilaurakot, au Népal, à une dizaine de kilomètres à l'ouest de la forêt de Lumbini, lieu de naissance présumé du Bouddha.

En dehors de cela, on dispose de peu de faits avérés. On raconte que peu de temps après sa naissance, un sage nommé Asita rendit visite au père de Siddhartha, le roi Suddhodana. Le sage dit au roi que son nouveau-né, le prince Siddhartha, avait deux destins possibles : il deviendrait soit un grand roi, soit un sage et un homme pieux. La voie qu'il emprunterait allait dépendre d'une chose simple, à savoir si le jeune Siddhartha serait autorisé ou pas à voir la vie en dehors des portes du palais. Si Siddhartha quittait le palais, il deviendrait un homme pieux ; sinon, il deviendrait roi. Comme on pouvait s'y attendre, le roi Suddhodana fit tout son possible pour empêcher son fils de sortir du palais, afin qu'il devienne roi. Il existe plusieurs versions de cette histoire, mais celle-ci est la plus répandue.

Siddhartha vécut donc confiné pendant 29 ans, savourant les meilleures choses de la vie. Il mangeait la meilleure des nourritures, avait accès aux meilleurs divertissements et à la meilleure des compagnies, ne manquant de rien. Siddhartha souhaitait satisfaire son père, le roi, même s'il avait constamment le sentiment que quelque chose n'allait pas. Il s'est ensuite marié et aurait eu, selon certains récits, au moins un enfant. Il devint également un guerrier chevronné et suivait du mieux qu'il pouvait les recommandations de son père. Néanmoins, toutes ses activités prenaient place dans l'enceinte du palais.

Or, son désir de voir le monde à l'extérieur du palais grandissait d'année en année. Comme son père refusait toujours de le laisser sortir ou trouvait de nouveaux moyens de l'en dissuader, Siddhartha planifia un voyage avec son conducteur de char Channa. Là encore, les récits divergent : certains affirment que le roi finit par céder et élabora secrètement un itinéraire spécial, de sorte que Siddhartha ne croise sur son chemin que des choses raffinées et des sujets heureux et en bonne santé. Quoi qu'il en soit, Siddhartha partit explorer le monde avec Channa.

Siddhartha eut quatre visions au cours de son voyage ou, selon certains, de ses quatre voyages en dehors du palais. Il vit d'abord un vieillard. Ce fut un choc pour Siddhartha, qui n'avait jamais vu ce genre de personne au palais. C'était une chose que son père préférait lui cacher. Siddhartha demanda à Channa quel était ce type de personne, et Channa répondit que c'était un vieillard et que toutes les choses vivantes finissaient par vieillir. Siddhartha comprit soudain que toutes les personnes qu'il connaissait, y compris son épouse, étaient vouées à devenir vieilles et faibles.

Poursuivant leur voyage, Siddhartha vit un malade au bord de la route. Il n'avait jamais vu non plus de malade au palais, car son père lui cachait cela également. Il fut donc aussi surpris par la maladie que par la vieillesse. Il demanda à Channa ce qu'il se passait. Ce dernier lui expliqua que tout le monde pouvait tomber malade. Siddhartha voulut aider le malade, mais Channa l'en empêcha, précisant que l'homme avait la peste, et que c'était une maladie contagieuse. Siddhartha était ému, mais ils continuèrent leur voyage.

Plus loin, le jeune Siddhartha fut confronté au spectacle le plus choquant qu'il ait vu jusque-là : un cadavre. Certains disent qu'il vit le corps être emporté vers un bûcher funéraire et brûlé. Ému par la vue de cette personne morte, il demanda à Channa de lui expliquer la scène. Ce dernier lui révéla que tous les êtres vivants mouraient, que personne ne pouvait y échapper ni l'empêcher. Selon certains, en entendant ces mots, Siddhartha décida de chercher un moyen d'empêcher la mort.

On imagine aisément la détresse de Siddhartha découvrant soudainement la réalité de la douleur et de la souffrance du monde. La première exploration de Siddhartha hors du palais bouleversa son existence. Alors qu'il songeait à ce qu'il avait vu, le chariot de Channa passa devant un moine ascète. Malgré ses haillons et sa maigreur, l'homme souriait et semblait satisfait. Ils arrêtèrent le chariot et Siddhartha demanda qui était cet homme. Channa répondit que c'était un dévot qui mendiait sa nourriture et, en échange, enseignait aux autres comment vivre avec sérénité et en faisant le bien. Repensant à tout ce qu'il venait de voir, Siddhartha se demanda comment ce dévot pouvait avoir l'air si heureux. Channa et Siddharta regagnèrent le palais, où ce dernier réfléchit aux événements de la journée. Il décida alors de devenir moine, pour apprendre à se sentir heureux à nouveau.

Peu de temps après son voyage, Siddhartha fut informé que sa femme avait donné naissance à un fils. Cependant, au lieu de se réjouir, il ressentit de la tristesse. Non seulement il avait plongé un nouvel être dans ce monde de souffrance, mais en plus, il ne pourrait jamais quitter le palais pour se faire moine. L'une des versions de la vie de Bouddha décrit un épisode de véritable désespoir, où il alla jusqu'à nommer son fils Rahula, qui signifie « obstacle ». Pauvre enfant.

À l'approche de la trentaine, alors que sa famille s'agrandissait et qu'il était assuré de devenir roi, Siddhartha tourna le dos à tout ce qu'il avait connu jusque-là. Il laissa tout derrière lui, le palais, sa famille et ses amis, pour partir à la recherche d'hommes pieux. Il était déterminé à en apprendre plus sur la vieillesse, la douleur et la souffrance, et la mort. Sa quête spirituelle dura six ans. Il commença par étudier avec les professeurs les plus réputés de son époque. Il apprit la méditation ainsi que d'autres pratiques. Il décida ensuite que le meilleur moyen de comprendre la douleur et la souffrance était de vivre comme un ascète rigoureux, une personne s'infligeant volontairement toutes sortes d'épreuves afin de transcender son propre attachement à la souffrance. Ces pratiques incluaient le jeûne prolongé ou autoprivation alimentaire, la scarification et les mutilations corporelles, l'apnée et d'autres mesures drastiques.

Après une longue période d'ascétisme, Siddhartha était toujours incapable de transcender la douleur et la souffrance. On raconte que, lorsqu'il s'aperçut que l'ascétisme extrême n'était pas bon, une jeune femme se présenta et lui offrit du lait et du riz. Il accepta ce don généreux et décida de « lever le pied ». Il opta pour une voie plus modérée et se mit à pratiquer l'*anapanasati*, que l'on appellerait aujourd'hui « méditation en pleine conscience ». Ce type de méditation suit la respiration à travers le corps, tout en développant une prise de conscience sensible accrue du corps en général. Cette méthode marqua le début de la dernière étape des méditations de Siddhartha avant l'illumination. Les bouddhistes considèrent la méditation en pleine conscience comme un moyen d'atteindre le nirvana, ou l'illumination, dont nous reparlerons plus tard.

Satisfait des résultats de cette méditation profonde et sereine, Siddhartha décida, à l'âge de 35 ans, de s'asseoir sous un figuier jusqu'à atteindre l'illumination. L'épisode aurait eu lieu près de la ville de Bodhgaya, en Inde et, à présent, le type de figuier sous lequel Siddhartha se livra à ses ultimes méditations avant l'illumination est appelé « arbre de la Bodhi ». Siddharta resta assis plusieurs jours sous cet arbre de la Bodhi, sans cesser de méditer. Il finit par dépasser les limites de son esprit et atteignit l'illumination. Il cessa alors de méditer et décida d'enseigner aux autres ce qu'il avait découvert. À partir de là, il devint connu sous le nom de Bouddha, qui signifie « l'éveillé ».

On estime, sans aucune certitude, que le Bouddha est mort vers l'âge de 80 ans, autour de 480 av. J.-C., dans la bourgade de Kushinagar, en Inde. Il existe plusieurs versions de sa mort, mais la plupart font état d'une maladie ou d'un empoisonnement alimentaire. Après son illumination, le Bouddha fit de nombreux adeptes, créa un ordre monastique, ou *sangha*, et transmit sa sagesse, le Dharma, par le bouche-à-oreille. Il existe des milliers de lignes de texte transcrivant les nombreux enseignements dispensés par Bouddha à ses élèves. Ses paroles ont été traduites dans une multitude de langages, et les érudits se sont mis à interpréter et réinterpréter ses enseignements presque dès l'instant de sa mort.

Les plus anciens textes bouddhistes dont on dispose viennent du nord-est du Pakistan et datent du Iᵉʳ siècle av. J.-C. On les appelle les textes gandhariens. Au cours des 300 ans qui se sont écoulés entre la mort de Siddhartha et l'écriture des textes gandhariens, diverses variantes du bouddhisme, ou « sectes », ont fait leur apparition et ont mené à la création de plusieurs écoles bouddhistes. Cette tendance a perduré, donnant naissance, peut-être, à des milliers d'écoles et de mouvements exprimant leur propre interprétation des enseignements du Bouddha, au cours des deux derniers millénaires. Ces sectes sont trop nombreuses pour être toutes citées dans ce livre et, même si nombre d'entre elles ont sombré dans l'oubli, beaucoup d'autres continuent de prospérer et, de même que notre compréhension du bouddhisme continue de croître, notre interprétation des paroles du Bouddha se développe, elle aussi.

Les érudits classent toutes les écoles bouddhistes en plusieurs catégories. Le bouddhisme d'Asie orientale réunit des écoles de Chine, du Japon, de Corée, de Singapour et du Vietnam. Le bouddhisme mahayana ou « grand véhicule » inclut aussi généralement les enseignements de l'école vajrayana. Le bouddhisme theravada rassemble des écoles du Bangladesh, de Birmanie, du Cambodge, de Chine, d'Inde, du Laos, de Malaisie, du Sri Lanka, de Thaïlande et du Vietnam. Les bouddhistes du Bhoutan, de Mongolie et du Tibet, ainsi que de certaines régions de Chine, d'Inde et de Russie, forment le bouddhisme tibétain. Les autres formes de bouddhisme non répertoriées dans ce classement sont celles des Newars et le courant nyingmapa du Tibet, et la tradition ésotérique tangmi présente dans tout le Sud-Est asiatique. Une grande partie de ces écoles intègrent les croyances folkloriques et d'autres religions traditionnelles à la pensée bouddhiste conventionnelle.

Un flou total règne sur certaines périodes de l'histoire du bouddhisme, et il nous reste encore beaucoup à découvrir sur le sujet. Au fur et à mesure que cette philosophie a gagné le monde, les gens y ont greffé les croyances culturelles et religieuses locales. Ce livre se concentre sur la pensée traditionnelle du Bouddha, car plusieurs principes de base du bouddhisme sont repris par la majorité des sectes bouddhistes. Le chapitre 2 est consacré au premier enseignement traditionnel du Bouddha, relatif à son voyage avec Channa, le conducteur de char.

2

LES QUATRE NOBLES VÉRITÉS

C'est après avoir atteint l'illumination que Siddharta Gautama est devenu celui que l'on appelle le Bouddha ou « l'éveillé ». Alors âgé de 35 ans, il décida de passer le restant de ses jours à enseigner ce qu'il avait découvert. Il ne tarda pas à attirer un groupe de disciples souhaitant, eux aussi, atteindre l'état d'illumination du nirvana.

On raconte que le premier enseignement du Bouddha, son premier sermon, portait sur les quatre nobles vérités. Ces vérités découlent de ses expériences lors de son excursion hors du palais, avec Channa. Toutes concernent la nature de la *dukkha*, qui signifie littéralement « insatisfaction » mais que l'on traduit généralement par « souffrance ». Ce mot peut aussi désigner le stress, le vide ou une incapacité permanente à se sentir bien. Pour le Bouddha, la constante insatisfaction qu'il ressentait, même lorsqu'il était enfermé entre les murs du palais, était signe qu'il était prêt à s'adonner aux pratiques spirituelles. Les quatre nobles vérités sont les suivantes :

- La vérité sur la *dukkha*
- La vérité sur l'origine de la *dukkha*
- La vérité sur la cessation de la *dukkha*
- La vérité sur le chemin qui mène à la cessation de la *dukkha*

Penchons-nous sur le sens de ces expressions très similaires, qui constituent à elles quatre le fondement de la pensée et de l'enseignement bouddhiste.

LA PREMIÈRE VÉRITÉ : L'INSATISFACTION

La première noble vérité dit que l'insatisfaction fait partie du quotidien. Elle est inévitable. Du point de vue bouddhiste, chaque expérience est transitoire. Tout sentiment de bonheur ou de joie est vécu, puis s'évanouit inévitablement pour laisser place à l'expérience ou au sentiment suivants. Le Bouddha a remarqué que les expériences positives étaient toujours entrecoupées d'expériences négatives de douleur et de souffrance, de tristesse et d'inquiétude, de stress et de crainte. Le mot *dukkha* désigne toutes ces choses et considère le changement comme une constante de l'univers. Pour aider ses disciples à comprendre la gravité de la *dukkha*, le Bouddha l'a décomposée en trois parties : la *dukkha-dukkha*, la *viparinama-dukkha* et la *sankhara-dukkha*.

LA SOUFFRANCE : la *dukkha-dukkha* est ce qu'on considère généralement comme la souffrance et inclut la douleur physique et morale. Sa cause peut être physique ou psychologique.

LE CHANGEMENT : la *viparinama-dukkha* désigne l'insatisfaction provoquée par le changement dans nos existences, comme la fin d'une expérience positive par exemple. Autrement dit, notre attachement au caractère immuable des choses est forcément source d'insatisfaction, car tout change inexorablement. Cette *dukkha* est donc liée à l'attachement psychologique.

L'EXISTENCE : la *sankhara-dukkha* désigne l'insatisfaction due à notre existence, ou la souffrance de l'individualité. Elle indique aussi l'insatisfaction face aux différentes étapes de la vie, parfaitement illustrée par les personnes qui revivent les expériences phares de leurs années lycée, ne sont jamais contentes de leur situation actuelle et attendent un avenir meilleur, ou déplorent tous les problèmes qui les empêchent de mener la vie dont ils rêvent.

Ce dernier point peut sembler étrange, mais les bouddhistes assimilent l'univers entier au samsara : c'est une illusion, un état de l'être dont nous sommes, en quelque sorte, prisonniers. Un rêve. Le bouddhiste a donc pour objectif de s'« éveiller », de manière à quitter le monde dans lequel il est né. Le simple fait d'exister dans ce monde est une excellente occasion de s'éveiller à sa véritable nature. Contrairement au véritable soi spirituel, l'être humain a une perception de soi erronée, créée par le monde extérieur illusoire où il vit. Cette perception de soi s'appuie sur plusieurs facteurs, que le Bouddha a décomposés en ce qu'il a appelé « les cinq agrégats ».

Les cinq agrégats

Pour expliquer plus en détail la notion de *sankhara-dukkha*, disons que les bouddhistes perçoivent l'individualité comme une illusion créée par les cinq *skandhas* ou « agrégats ». Ces agrégats se combinent pour former une perception erronée de soi-même, la *sankhara-dukkha*. Les cinq agrégats sont les suivants :

LA MATIÈRE

La matière désigne le monde physique qui nous entoure et se compose de quatre éléments : la terre, l'eau, le feu et l'air. En se combinant de différentes manières, ces quatre éléments nous offrent des expériences sensorielles riches, qui impliquent les yeux et la vue, les oreilles et les sons, le nez et les odeurs, la langue et les goûts, le toucher et les textures. Certains incluent dans cette liste l'esprit et les objets créés mentalement.

LA SENSATION

La sensation fait référence à la qualité de l'expérience sensorielle dérivée de la matière. Elle peut être agréable, désagréable ou neutre. Une pratique méditative courante consiste à observer, sans porter de jugement, la façon dont on expérimente les sensations d'être en vie.

LA PERCEPTION

La perception désigne la façon dont on perçoit l'instant. Prendre conscience de ses perceptions aide à rester dans l'instant et à connaître le processus suivi par le corps, les émotions et l'esprit en réponse à notre environnement. Comprendre l'agrégat de la perception permet aussi d'apprendre à identifier le monde où l'on vit.

LA FORMATION MENTALE

La formation mentale désigne toutes les habitudes accumulées au cours de la vie, qui nous poussent inconsciemment à réagir aux circonstances d'une manière précise. On peut aussi la définir comme le résultat de la façon dont on a vécu des situations semblables par le passé.

LA CONSCIENCE

Le dernier agrégat, ou *skandha,* nous rappelle que les contacts physiques et les processus biologiques mécaniques ne suffisent pas pour générer des réactions, conscientes ou inconscientes, au monde physique. Un certain degré de conscience est nécessaire pour observer et interpréter ses propres expériences physiques, émotionnelles ou mentales. Selon le Bouddha, même si le monde est une illusion, la conscience, elle, est bien réelle. Comme la philosophie bouddhiste se fixe pour buts l'éveil spirituel et la perception de la véritable réalité, elle accorde une grande valeur à la conscience. Ce n'est qu'en faisant des efforts délibérés et soutenus pour accroître son niveau de conscience que l'on peut espérer s'éveiller.

Je sais que ces idées demandent déjà une réflexion assez poussée, mais il est important de comprendre la philosophie du Bouddha pour vraiment saisir les systèmes de croyances fondamentaux des bouddhistes, leur désir de paix, le sérieux avec lequel ils abordent la méditation et leur culture de la compassion et de la joie. Les bouddhistes croient que les cinq agrégats se combinent pour former la conscience. Mais cette conscience existe dans un monde illusoire. Ils considèrent donc qu'en fait, notre expérience humaine est fausse : notre impression d'individualité est fausse, le « ceci » et le « cela » de la vie, toutes les notions de séparation et d'espace physique, et même le temps, sont des illusions. Tant que ces cinq éléments ne sont pas « agrégés », de même que l'eau, la chaux et la pierre se combinent pour former du ciment, il ne peut pas y avoir de conscience. Bouddha a enseigné le concept d'*anatman* ou « absence de soi ». Nous sommes le produit de cinq éléments : la forme, la sensation, la perception, la formation mentale et, enfin, la conscience. L'émergence de la conscience nécessite un juste équilibre des quatre premiers éléments ou agrégats. Le premier fait référence au corps physique, tandis que les quatre autres sont liés à la capacité à percevoir, à l'état de conscience et la psychologie.

Quel est le rapport entre tout cela et la *dukkha*, ce sentiment d'insatisfaction existentielle ? Bouddha admet que nous naissons dans un monde changeant, que nous vivons dans des corps changeants et que nous sommes impuissants face aux lois physiques de l'univers. Le changement est constant. Tout est en mouvement. L'essence du changement est ancrée dans nos cellules et nous empêche donc de ressentir une joie permanente. Comme le monde physique ne peut nous procurer la joie, il est source de *dukkha*, d'insatisfaction.

LA DEUXIÈME VÉRITÉ : L'ORIGINE DE LA SOUFFRANCE

Nous sommes donc voués à cet état d'insatisfaction, mais comment en sommes-nous arrivés là ? Pour les bouddhistes, la réponse se trouve dans la deuxième noble vérité. Selon elle, la cause de la *dukkha* peut être connue : il s'agit du désir embué d'ignorance. Les termes employés sont *tanha*, qui signifie « envie » ou « soif », et *avijja*, « ignorance ». L'envie et la soif indiquent le désir ou la tentative de saisir une chose actuellement hors de portée. Selon Bouddha, la souffrance est donc due aux désirs néfastes, guidés par l'ignorance.

Il y a trois types de *tanha* ou « envie ». La *kama-tanha* est l'envie de plaisirs sensoriels, qu'il s'agisse de manger un excellent repas, de voir un beau coucher de soleil ou de faire l'amour. La *bhava-tanha* est l'envie d'être important. Elle est liée à l'ego : le désir de pouvoir, de prestige et de gloire, de laisser une empreinte durable dans le monde, de vivre éternellement, tous relèvent de la *bhava-tanha*. À l'inverse, la dernière envie, la *vibhava-tanha*, correspond au désir de ne plus exister, de ne rien expérimenter et de se retirer de cette vie, ou encore d'éviter la négativité, les traumatismes émotionnels ou la douleur physique.

LA TROISIÈME VÉRITÉ : LA CESSATION DE LA SOUFFRANCE

Nombre de religions opposent le bien au mal, cause de toutes les souffrances humaines, mais le Bouddha voit les choses différemment. Il définit la souffrance comme une condition interne, due en partie à la façon dont nous venons au monde, mais aussi et surtout à la nature du désir. Sans éducation adaptée, nous sommes voués à devenir ignorants et à entretenir notre propre insatisfaction existentielle. Certains qualifient cette vision du monde de très pessimiste, mais pour les bouddhistes, elle n'est ni optimiste ni pessimiste. La *dukkha* n'est qu'un constat de la réalité. Les quatre nobles vérités finissent néanmoins sur une note plus positive. La troisième noble vérité énonce qu'il est possible de surmonter l'insatisfaction.

L'accès à un niveau de conscience dépassant l'insatisfaction, la douleur et la souffrance est un aspect essentiel de la tradition bouddhiste. On atteint cet état transcendant par le biais de la méditation, de la conscience sensible, de la compassion et du détachement. Sous divers aspects, le processus d'éveil et d'illumination a lieu lorsqu'une personne développe une conscience de soi lui permettant d'être présente à chaque instant de son existence (conscience sensible). Ses actions et ses réactions ne lui sont pas imposées par des forces extérieures (détachement) ; elle est guidée par le point central de sa conscience (bienveillance). Ce centre existe dans un lieu harmonieux, fait de joie et de compassion, sans lesquelles on ne peut atteindre l'illumination.

Être constamment présent, durant chaque expérience de l'existence, peut sembler impossible. On raconte pourtant qu'à chaque génération, quelques bouddhistes y parviennent. Cet état est souvent assimilé à du détachement, mais il serait plus exact de parler de « détachement bienveillant » ou de « bonté bienveillante ». Il diffère du concept occidental de détachement froid ou distant. La quatrième noble vérité décrit le chemin conseillé pour élever sa conscience vers cet état de l'être. C'est ce qu'on appelle « l'octuple sentier de l'illumination », qui sera traité au chapitre suivant.

Le Bouddha a affiné son enseignement des quatre nobles vérités tout au long de sa vie, considérant leur compréhension comme essentielle. Selon lui, les quatre nobles vérités fournissent la base et la structure de tous ses enseignements.

Le fait de vivre dans une réalité en perpétuel changement a incité le Bouddha à chercher une source de constance. Il l'a trouvée dans l'esprit. Pour lui, l'esprit était beaucoup plus important que le corps. Même si tous deux ont leur place, l'un doit prendre les commandes. La plupart des gens sont ballottés par la vie, errant ici ou là au gré d'expériences fortuites et de leurs réactions à ces expériences. Certaines expériences apportent la joie, d'autres la tristesse. Elles se répètent sans cesse, de l'instant où l'on naît à celui où l'on meurt. Le Bouddha a cherché une voie au-delà, pour ne plus être affecté par la vie. Les quatre nobles vérités constituent sa solution au problème.

En dépit de son approche désenchantée de la réalité, le Bouddha sentait que la joie et la compassion étaient des composants essentiels sur la voie vers l'illumination. Sa conception de l'esprit est très différente de celle des Occidentaux, qui l'opposent aux émotions ou à la bienveillance.

On pense souvent à tort que les bouddhistes entretiennent un état de l'être distant, et que le détachement est synonyme d'indifférence. Peut-être est-ce plus facile pour nous de concevoir les choses ainsi car, en Occident, on considère souvent que les personnes trop spirituelles sont dépourvues de passion et indifférentes aux autres.

Or, ce n'est pas ce qu'a enseigné le Bouddha. La voie vers l'illumination implique une joie profonde et authentique, ainsi qu'un véritable sens de la compassion et de la bienveillance envers tous les êtres vivants, invitant à se détacher du samsara, de la réalité illusoire, qui se déroule constamment devant nos yeux. Aussi complexe qu'il puisse paraître, ce concept fait partie intégrante de la perception de la réalité bouddhiste. C'est une chose que les bouddhistes ont personnellement vécue, et le meilleur moyen de comprendre cet « esprit du Bouddha » est sans doute de l'éprouver soi-même. La méditation est une pratique fondamentale du bouddhisme, qui procure sérénité et relaxation à ceux qui méditent régulièrement.

À présent, étudions plus en détail la quatrième noble vérité ou noble octuple sentier.

3

LE NOBLE OCTUPLE SENTIER

De même que les quatre nobles vérités, si le noble octuple sentier tient en peu de mots, il faut parfois toute une vie pour le maîtriser. Le Bouddha compare les étapes du chemin menant à l'interconnexion aux rayons d'une roue. Elles ne suivent pas un ordre linéaire : le pratiquant peut commencer par celle de son choix et ajouter les autres progressivement, au fil du temps. L'image de la roue, appelée « roue du *dharma* », sert souvent à montrer que chaque composant de l'octuple sentier est aussi important que les autres. Dans la tradition bouddhiste, elle symbolise généralement les enseignements du Bouddha.

L'octuple sentier décrit huit activités auxquelles nous devons tous nous livrer pour développer notre conscience et nous préparer à l'illumination. Les rayons de la roue du *dharma* sont, le plus souvent, la vision juste, l'intention juste, la parole juste, l'action juste, les moyens d'existence justes, l'effort juste, la conscience juste et la concentration juste. En Occident, l'adjectif « juste » peut être associé, à tort, aux notions de bien et de mal. Le mot sanscrit *samyak*, que l'on traduit normalement par « juste », est plus nuancé et signifie « adéquat », « correct », ou « approprié ». Ainsi, quelle que soit la direction empruntée par l'élève, ces huit étapes ou rayons mènent tous au même état de l'être, placé au centre. Ces huit rayons se renforcent mutuellement. C'est pourquoi, pour la plupart des écoles de pensée bouddhistes, l'élève peut commencer son cheminement où bon lui semble. Le fait de cultiver la parole bienveillante aide à poser un regard sain sur le monde, ce qui renforce l'intention de poursuivre sur la voie spirituelle, ce qui permet d'améliorer la méditation. Au début de votre pratique, vos victoires seront peut-être de courte durée, et l'un ou l'autre des rayons de l'octuple sentier vous paraîtra peut-être plus simple à aborder en fonction de votre humeur ou du moment de la journée. Avec le temps, le processus gagne en fluidité et la vie est progressivement transformée.

La pratique est l'aspect le plus important de la vie d'un bouddhiste. Il faut pratiquer l'octuple sentier chaque jour, durant chacune de ses activités. Travaillez avec la conscience adéquate, utilisez des paroles adéquates chez vous et effectuez toujours des actions adéquates. Les débutants sont d'abord limités par leur capacité à se souvenir des huit étapes et à se concentrer suffisamment sur leurs instants d'éveil pour les actualiser. L'octuple sentier est comme n'importe quelle autre activité que l'on choisit de mener. Au début, ce n'est pas facile. Nous vivons soumis aux habitudes et aux schémas préexistants. Le temps passe et il arrive que l'on se décourage. Mais il faut quand même persévérer. La réussite viendra.

Les quatre nobles vérités et le noble octuple sentier constituent les fondements de toute la tradition bouddhiste. Maîtriser ces pratiques essentielles et comprendre leur signification est indispensable pour tous les bouddhistes. Toutes les autres choses que vous lirez à propos du bouddhisme découlent des enseignements originels du Bouddha sur les quatre nobles vérités et l'octuple sentier. Étudions plus en détail le noble octuple sentier et découvrons comment appliquer ces principes au quotidien.

LA *PRAJNA* OU « SAGESSE »

La *prajna* combine les deux premiers rayons de l'octuple sentier. Elle est considérée comme la vérité purifiante et consiste à voir la réalité pour ce qu'elle est vraiment, une nécessité pour qui cherche l'illumination.

La vision juste

La vision juste signifie voir la réalité pour ce qu'elle est, et dépasser l'aspect superficiel. Elle nécessite une volonté de voir les choses telles qu'elles sont, car nombre de personnes préfèrent fermer les yeux qu'admettre la gravité de la condition humaine. Le Bouddha a dit : « Il n'y a que deux erreurs possibles sur le chemin de la vérité : ne pas suivre le chemin jusqu'au bout ou ne pas s'y engager. » Les bouddhistes reconnaissent que l'humanité est une opportunité offerte à ceux qui recherchent l'illumination. Selon Bouddha, c'est la seule forme de vie capable de connaître l'illumination.

La vision juste implique aussi de se mêler de ses affaires, de se concentrer sur son propre cheminement, sans se comparer aux autres. Le Bouddha a dit : « Ne surestimez pas ce que vous avez reçu et n'enviez pas les autres. Celui qui envie les autres n'obtient pas la paix de l'esprit. » Le fait de cultiver la vision juste aide à développer de la compassion envers soi-même et toutes les formes de vie, car elle nous fait comprendre la vacuité inhérente à toute forme. Comme nous vivons dans un monde de forme, nous vivons dans un monde de vacuité. Là encore, pour les bouddhistes, cela n'a rien de négatif ni de déprimant. Ce ne sont que des observations sur la nature de la réalité. Pour vivre de façon adéquate dans cette réalité, il faut donc accepter la situation telle qu'elle est et ne pas feindre de croire que ce monde est réel et éternel. Pour les bouddhistes, tout ce que l'on connaît est temporaire, comme un rêve dont on doit un jour se réveiller. La vision juste embrasse cette vérité.

L'intention juste

L'intention juste consiste à choisir consciemment la voie spirituelle vers l'illumination. Le Bouddha a dit : « Tout ce que nous sommes est le résultat de ce que nous avons pensé : nos pensées en sont le fondement et l'élément constitutif. Si un homme parle ou agit selon une pensée malfaisante, la douleur le poursuit, comme la roue qui suit le sabot du bœuf tirant la charrette. Tout ce que nous sommes est le résultat de ce que nous avons pensé : nos pensées en sont le fondement et l'élément constitutif. Si un homme parle ou agit selon une pensée pure, le bonheur le poursuit, comme une ombre qui ne le quitte jamais. » Ce concept ne nous est pas totalement inconnu. La psychologie populaire nous le rappelle souvent : « Vous êtes ce que vous pensez. » L'intention juste fait écho à la nécessité de choisir avec prudence et de toujours faire attention à ce que l'on souhaite, consciemment et inconsciemment, car c'est ce qui arrivera. L'intention est considérée comme le moteur du karma, les situations de vie à venir.

L'intention juste, pour les bouddhistes, signifie cultiver les intentions de renoncement, de bonne volonté et d'innocuité. Ces trois intentions sont censées contrer nos pensées inconscientes, qui entretiennent le désir, la mauvaise volonté et la nocivité. Renoncer ne signifie pas abandonner tout ce que l'on possède, mais plutôt abandonner son attachement à ces choses. Le Bouddha décrit notre existence temporaire comme « un éclair dans un nuage d'été », quelque chose d'éphémère. L'attachement à ce qui est temporaire n'apporte que l'insatisfaction ou *dukkha*.

L'intention juste la plus pure recherche l'illumination au profit de toute vie.

SILA OU LA MORALITÉ

Les trois rayons suivants de l'octuple sentier constituent ce que l'on nomme la *sila*. Il s'agit du concept de moralité ultime, parfaite. Les textes bouddhistes suggèrent de nombreuses manières d'embrasser la *sila* et de mener une vie morale. Cependant, comme le bouddhisme est une religion du développement de soi, il revient à chaque individu de cultiver un niveau élevé de moralité. La moralité apporte le calme et permet ainsi de développer une profonde concentration. Lorsqu'ils gagnent en expérience, les bouddhistes expérimentés cessent de s'appuyer sur des codes de conduite écrits : ils sont suffisamment éveillés pour suivre leur félicité, leur *dharma*, depuis un lieu de sagesse et de compassion. La *sila* regroupe la parole, l'action et les moyens d'existence justes. Pour les bouddhistes, la moralité d'un individu est un indicateur de l'expérience de son karma, dont nous parlerons au chapitre suivant.

La parole juste

Le principe de parole juste semble assez simple. Il nous incite à parler avec bonté et compassion, à dire des choses favorisant la paix. Pour les bouddhistes, la parole et l'action sont étroitement liées, la plupart les considérant comme deux aspects d'une même force. La parole naît de nos pensées. Les bouddhistes sont donc incités non seulement à tenir des propos bienveillants, mais aussi à les penser. Même si l'on ne dit jamais de choses malveillantes, avoir des pensées haineuses ou mesquines est perçu comme un sérieux obstacle sur la voie de l'illumination. Cependant, la pensée, la parole et l'action étant interdépendantes, pour cultiver la pensée bienveillante, il faut donc commencer par parler et agir avec bienveillance. L'esprit suivra.

Les bouddhistes sont censés cultiver la parole juste de quatre façons. Ne jamais mentir. Ne jamais dire de mal d'autrui, pour quelque raison que ce soit. Ne jamais employer de langage grossier ou vulgaire. Ne jamais se livrer au commérage ou au bavardage vain. De même que pour la *sila*, ces règles sont destinées aux débutants. Les bouddhistes expérimentés atteignent un point où leur cœur est empli de tant de compassion et de sagesse que la parole juste leur vient naturellement.

L'action juste

Le Bouddha a dit : « Quel que soit le nombre de paroles sacrées que vous lisez ou prononcez, à quoi cela servira-t-il si vous n'agissez pas en conséquence ? » Il a aussi dit : « Personne ne peut nous sauver, à part nous-mêmes. Personne ne le peut et personne n'y est autorisé. C'est à nous-mêmes de suivre le chemin. »

Même si l'action juste inspire souvent le militantisme environnemental ou social, elle implique d'agir conformément aux enseignements du Bouddha. Cela signifie agir en pleine conscience, avec compassion et joie, mais sans s'attacher au résultat de cette action. Chaque effort a pour but de réaliser une chose du mieux que l'on peut. Cependant, dans ce contexte, le détachement n'est pas synonyme d'indifférence.

On considère généralement qu'il faut faire cinq choses pour réaliser une action juste : respecter la vie, être généreux, bien se conduire sexuellement, tenir un discours bienveillant et entretenir la santé. Elles sont parfois citées sous forme d'interdictions (ne pas tuer, ne pas voler, etc.), et la rigueur avec laquelle il faut les appliquer fait débat. Certains bouddhistes, par exemple, sont végétariens, tandis que d'autres mangent de la viande. Même les premiers bouddhistes conseillaient de ne jamais refuser la nourriture offerte, y compris la viande. De même que pour la parole juste, les préceptes de l'action juste sont donnés à titre indicatif, pour débuter, mais on considère que les bouddhistes expérimentés ont acquis la sagesse et la compassion nécessaires pour comprendre exactement ce qu'ils font et agir de façon appropriée.

Les moyens d'existence justes

Les cinq préceptes de l'action juste s'appliquent aussi aux moyens d'existence justes. Les bouddhistes choisissent des professions qui ne nuisent pas aux autres êtres vivants. Dans ce contexte, cela ne concerne généralement que les humains et les animaux. Voici comment le Bouddha décrit les moyens d'existence justes : « Il y a cinq types d'activité qu'un [bouddhiste qui n'est pas moine] ne doit pas exercer. Lesquels ? Le commerce d'armes, d'êtres humains, de viande, de stupéfiants et de poisons. »

Les moyens d'existence justes peuvent désigner une profession bénéfique pour le reste du monde ou qui, du moins, ne lui nuit pas. Mais cela implique aussi de faire des choix de vie favorisant la santé et la force du corps et de l'esprit. Le Bouddha a dit : « Garder un corps en bonne santé est un devoir ; autrement, on ne peut pas garder un esprit fort et clair. » Le Bouddha n'était pas du genre flemmard. La méditation alerte, les exercices de respiration ainsi que de nombreuses pratiques bouddhistes demandent des efforts. Les bouddhistes doivent donc choisir exclusivement des activités favorisant leur cheminement spirituel. Trouver un emploi qui n'a aucun impact négatif sur le monde est pour ainsi dire impossible. Quoi que vous fassiez, il a très probablement fallu détruire un bout de nature pour créer le bâtiment où vous travaillez. Les moyens d'existence justes consistent donc à choisir de poursuivre un but honnête du mieux que l'on peut, mais sans s'y attacher.

LE *SAMADHI* OU LA CONCENTRATION

Les derniers rayons de l'octuple sentier forment ce que l'on appelle le *samadhi*. Le mot *samadhi* se traduit par « rassembler ». Dans la philosophie bouddhiste, il véhicule l'idée de « rassembler l'esprit », autrement dit, de concentration. Les trois rayons regroupés sous le terme *samadhi* participent au développement de la concentration sur un point unique. En combinant l'effort, la conscience et la concentration justes, les bouddhistes sont capables de focaliser leur attention sur une seule chose, jusqu'à perdre le sens de « soi », caractéristique de notre conscience éveillée ordinaire. Je suis ceci, tu es cela. Avec la concentration profonde, toute séparation disparaît et laisse place à l'unicité.

C'est en développant sa capacité à se concentrer, que l'on peut faire apparaître les *jhana* ou *dhyana*. Ce mot désigne la méditation profonde. Les *jhana* correspondent donc aux états de méditation toujours plus profonds que les bouddhistes peuvent atteindre, chacun étant associé à des capacités psychiques particulières. Nous verrons cela plus en détail au chapitre 9.

Nombre de bouddhistes croient qu'une application correcte de l'effort, de la conscience et de la concentration justes permet d'atteindre les niveaux de *jhana* les plus élevés, précurseurs de l'illumination.

L'effort juste

L'effort juste consiste à faire des choses pour devenir une personne plus généreuse, sage et bienveillante. Cela peut s'appliquer à des tâches physiques, à un travail intellectuel, au temps consacré à une cause, à l'aide apportée aux personnes dans le besoin ou à d'autres activités de ce genre.

Pour réaliser un effort juste, il faut savoir quel est l'objectif de cet effort et quels sont les meilleurs moyens d'y parvenir. Il n'est pas question de développer une approche déséquilibrée de l'effort spirituel, en devenant accro au travail ou ne faisant que penser aux principes de l'illumination sans rien faire pour les cultiver au quotidien. Le Bouddha a dit : « Mieux vaut se vaincre soi-même que remporter mille batailles. Cette victoire est la vôtre, et personne ne peut vous l'enlever. »

La joie constitue une part importante de l'effort juste. Une tâche accomplie sans joie, ou uniquement parce qu'elle doit l'être, n'entre pas dans le champ de l'effort juste. Celui-ci fait naturellement naître des sentiments de joie, qu'il est essentiel de cultiver sur la voie bouddhiste. Le Bouddha avait beaucoup à dire sur la notion d'effort juste, notamment la nécessité d'être constant, diligent et de persévérer malgré les difficultés. L'effort juste implique d'éviter ou d'abandonner les états malsains, pour cultiver ou entretenir des états sains. Il existe cinq obstacles à l'effort juste : le désir sensuel, la mauvaise volonté, la torpeur-léthargie, l'agitation-inquiétude et le doute.

La conscience juste

La conscience juste signifie rester conscient et ancré dans l'instant présent. Au quotidien, cela implique de ne pas s'inquiéter de l'avenir ni de se languir du passé. L'ancrage dans le présent permet aux bouddhistes de développer pleinement la concentration sur un point unique. Si les pensées s'éparpillent entre le futur, le passé, la vie des autres, les cinq obstacles cités ci-dessus ou tout autre chose que l'instant présent, l'esprit ne peut se concentrer pleinement. Il ne peut pas être « là ». Les bouddhistes développent une conscience sensible du corps, des sentiments et des pensées, et s'appuient sur leurs perceptions pour renforcer leur présence.

Cultiver une forte présence spirituelle est d'autant plus important pour les bouddhistes que l'illumination doit être vécue de l'intérieur. Ce n'est pas une bénédiction divine. Elle n'est pas accordée aux bouddhistes par le Bouddha. Elle est le fruit des efforts fournis par l'individu. Elle est le résultat d'un cheminement vers la compréhension de la condition humaine et le dépassement de ce monde illusoire fait de dualité et d'ignorance.

Les bouddhistes n'assimilent pas l'esprit à la pensée ou à la déduction logique. Il n'est pas ici question de réfléchir à la nature de la réalité jusqu'à trouver soudainement la réponse et atteindre l'illumination. Il s'agit plutôt, au fil du temps, de préparer l'esprit à éprouver la nature de la réalité, et cette expérience dépasse la pensée ou les sentiments. Nous pratiquons les activités nécessaires pour suivre l'octuple sentier, en faisant les efforts nécessaires pour nous préparer à éprouver de mieux en mieux la réalité véritable.

L'observation de soi permet de parvenir à la conscience juste. Les bouddhistes s'observent intégralement, de leur respiration à leurs pensées et à leurs sensations corporelles. Ils abordent cette pratique avec détachement et sans porter de jugement. Le but est simplement d'observer ce qui se passe et de rester ancré dans l'instant présent.

LA MÉDITATION JUSTE

Les huit principes de l'octuple sentier opèrent de façon harmonieuse pour mener à la perfection humaine intérieure. Les bouddhistes peuvent commencer par où bon leur semble, mais la méditation juste ou concentration juste est souvent considérée comme le point culminant des sept autres principes : la concentration intense leur permettra d'atteindre un état d'unicité ou de non-dualité. De ce point de vue, la méditation juste est l'aspect de l'octuple sentier qui mène aux ultimes étapes préparatoires avant l'illumination. Le bouddhisme a pour but de s'éveiller de l'intérieur et de percevoir la réalité telle qu'elle est réellement en sortant du samsara, le monde illusoire dont on est prisonnier.

Tous les bouddhistes assidus méditent, mais il existe de nombreuses formes de méditation. Les bouddhistes pratiquent la méditation active.

Au lieu de se vider l'esprit sans but particulier, ils développent leurs facultés mentales pour atteindre un niveau de concentration extrême, en se focalisant sur une seule chose pendant de longues périodes. La concentration sur un point unique peut porter sur la respiration, une image mentale (un symbole, par exemple) ou un objet extérieur. Elle peut aussi se focaliser sur un concept particulier, tel que la nature de l'illusion.

Pour atteindre un bon niveau de concentration, il faut surmonter les cinq obstacles mentionnés précédemment : le désir sensuel, la mauvaise volonté, la paresse, l'agitation-inquiétude et le doute. Une fois qu'ils ont surmonté les cinq obstacles, les bouddhistes sont en mesure d'appréhender le sens profond de la méditation juste et d'expérimenter les premiers stades de l'illumination.

Exercice : la méditation en pleine conscience

Le Bouddha décrit la méditation en pleine conscience comme la voie vers l'éveil spirituel. La méditation en pleine conscience est une pratique d'observation de soi. D'après Bouddha, celui qui parvient à rester dans un état de complète observation de lui-même pendant sept jours accédera à l'illumination. Rester constamment ancré dans l'instant présent est très difficile. Le moindre commentaire mental ou la moindre réaction émotionnelle à ce que l'on observe indique que l'on n'est plus ancré dans l'instant présent, mais que l'on réfléchit au passé ou à ce dont on vient d'être témoin. Dans le présent éternel, seule la conscience existe – il est inutile de réfléchir aux expériences.

Pour ceux qui ont du mal à rester ancrés dans l'instant présent face au désordre et à l'imprévisibilité de notre être, mieux vaut peut-être commencer par un exercice de base, pour entraîner l'esprit à se concentrer. C'est un exercice très simple et réalisable n'importe où. Tout en méditant, en mangeant, en vous reposant, en voiture, au travail ou devant la télé, prêtez constamment attention aux cycles d'inspiration et d'expiration de votre corps. Le Bouddha a dit : « La pleine conscience de l'inspiration et de l'expiration, pour qui la développe et l'entretient, s'avère très fructueuse. La pleine conscience de l'inspiration et de l'expiration, pour qui la développe et l'entretient, mène au summum de la connaissance claire et du lâcher-prise. »

La méditation juste, selon la définition de l'octuple sentier, a pour but la pleine compréhension des enseignements du Bouddha.

4

LE PROCESSUS D'ÉVEIL

Le bouddhisme est un processus d'éveil et d'ancrage dans la réalité ultime. C'est l'illumination. Les bouddhistes croient que chaque être humain recèle en lui une graine de *bodhisattva*, « être éveillé ». Selon eux, tous les êtres sont voués à s'éveiller et la forme humaine est la mieux adaptée pour y parvenir. Ils croient également qu'avec les efforts appropriés, on peut atteindre l'illumination au cours d'une seule vie. Le Bouddha reconnaît quatre niveaux d'illumination et qualifie d'« êtres nobles » ceux qui atteignent l'un de ces niveaux. Mais avant d'étudier ces niveaux d'illumination, intéressons-nous à la réincarnation selon les bouddhistes.

Tout d'abord, les bouddhistes ne croient pas en l'âme telle qu'on la conçoit en Occident. Pour eux, nos personnalités – autrement dit, qui nous sommes – dépendent des interactions des cinq agrégats mentionnés auparavant, et sont fortement influencées par les douze fondements détaillés au chapitre 9. Même si cela arrive rarement, on peut observer une continuité de la conscience d'une vie à l'autre, qui dépend strictement du niveau de méditation préalablement atteint. L'idée qu'il faut apprendre à se détacher de l'existence ordinaire est liée à celle que seule une infime partie de nos expériences représente vraiment qui nous sommes. La notion d'âme est remplacée par une conscience spirituelle plus ou moins développée. Grâce à de gros efforts, l'esprit de Bouddha s'éveille, nous donnant accès à la conscience au-delà de la pensée et des émotions.

LA RÉINCARNATION ET LES SIX MONDES

Les bouddhistes, comme les fidèles de beaucoup d'autres religions d'Asie et du vieux monde, croient en la réincarnation. La réincarnation est le processus par lequel l'être renaît sans cesse dans des corps différents. En référence au cycle de la naissance et de la mort, les bouddhistes croient que notre conscience détermine le lieu où l'on naît. Nous pouvons naître dans trois états d'existence ou « mondes » différents : le monde du sans forme, celui de la forme et celui du désir. Les deux premiers sont réservés aux êtres spirituellement plus avancés. La condition humaine relève du monde du désir. À l'intérieur du monde du désir, il existe six états ou « royaumes » possibles : l'enfer, le royaume des esprits affamés, celui des animaux, celui des humains, celui des demi-dieux et celui des dieux. Tous les humains peuvent voir au moins le monde des animaux. Ces royaumes ne sont pas des planètes distinctes et n'ont aucune dimension temporelle. Ce sont des états de conscience où toute vie, en tant que pure conscience, est prisonnière d'un rêve qui se répète.

L'enfer

Le *naraka* est le royaume de l'enfer. C'est le niveau de conscience le plus inférieur qui soit, empli de toutes sortes de colère et de haine. C'est un monde de violence, de douleur et de souffrance intenses.

Les esprits affamés

Le *preta* est le royaume des esprits affamés. Les êtres qui naissent dans ce royaume ont entretenu le désir et un sens exacerbé de la possession au cours de leurs vies antérieures. Les formes de vie qui peuplent ce royaume sont appelées « esprits affamés » car elles sont toujours en quête d'expériences et ne sont jamais satisfaites.

Les animaux

Le *tiryag-yoni* est le royaume des animaux. Les bouddhistes considèrent les animaux comme des êtres particulièrement stupides et égoïstes. Même si certains de leurs comportements témoignent d'une aptitude à la bienveillance, ils sont hostiles aux autres êtres vivants et se soucient uniquement de leurs semblables.

Les humains

Le *manusya* est le royaume des humains. Il est considéré par les bouddhistes comme le meilleur lieu d'incarnation, le seul où l'on puisse atteindre l'illumination. Selon eux, les qualités spécifiques de l'être humain, c'est-à-dire les cinq agrégats, en font une exception parmi les êtres vivants. Les bouddhistes estiment aussi que la plupart des gens gaspillent cette précieuse occasion en menant une existence trop matérialiste ou mesquine, et finissent par se réincarner dans l'un des royaumes inférieurs après leur mort. Peu de personnes mènent une vie assez honorable pour mériter une autre vie humaine.

Les demi-dieux

L'*asura* est le royaume des demi-dieux. Vous connaissez le dicton : « L'enfer est pavé de bonnes intentions. » Cela décrit très bien cet endroit. Il est peuplé de personnes qui ont tenté de faire de bonnes actions dans une vie antérieure, mais dont la rationalité, la ruse, l'envie, la jalousie ou d'autres faux-semblants ont causé du tort aux autres. Dans la tradition bouddhiste, les habitants de l'*asura* ont la vie plus facile que les humains, mais sont rongés par l'envie car, de même que les animaux peuvent voir les humains, les êtres de l'*asura* perçoivent le royaume des dieux, supérieur au leur. Et cela les rend fous de jalousie.

Les dieux

Le *deva* est le royaume des dieux. Le royaume des *deva* offre toute la félicité et le confort dont on puisse rêver. C'est un royaume spirituellement raffiné, même si, comme le nôtre, il fait partie de l'illusoire samsara. Cependant, il présente un inconvénient majeur. La vie y est si agréable que rien n'incite ses habitants à agir ; ils ne connaissent pas la *dukkha*, l'insatisfaction. Cette douceur de vivre n'est pas stimulante, et ces êtres gaspillent tout le bon karma accumulé au cours de leurs vies antérieures en se prélassant au paradis. Même s'ils vivent beaucoup plus longtemps que les humains, ils finissent toujours par mourir et renaissent généralement dans un état de conscience inférieure, dans un royaume de rang inférieur.

Tous les états émotionnels décrits dans ces différents royaumes se retrouvent également dans le royaume des humains. Il y a des humains pleins de colère et de rage qui mènent une vie infernale ; ceux qui se focalisent sur le corps, au détriment du développement mental, comme les animaux ; les éternels insatisfaits, comme les esprits affamés ; ceux à qui la réussite semble échapper constamment, en dépit de leurs efforts ; et ceux qui naissent et vivent dans le luxe, comme des dieux et des déesses dont l'existence ne mène à rien. Certaines écoles bouddhistes pensent que tous les humains accèdent à chacun de ces royaumes au cours de leur cheminement spirituel vers l'illumination. Dans le bouddhisme zen, les bouddhistes passent par ces étapes en pratiquant la méditation *zazen*. Au terme d'un processus éreintant, le pratiquant est libéré de la souffrance et réussit à transcender la *dukkha*.

LES QUATRE TYPES D'ILLUMINATION

Lorsqu'une personne a eu la chance de mériter une vie humaine et a consacré plusieurs vies à faire des efforts conscients pour continuer de s'éveiller de l'intérieur en suivant l'octuple sentier, alors peut-être – peut-être – qu'elle réussira à progresser suffisamment au cours de cette existence pour connaître les premières étapes de l'illumination. Sinon, par le biais de la réincarnation, elle reviendra parmi les humains, si tout se passe bien, ou bien elle tombera dans l'un des royaumes inférieurs et devra alors attendre des milliers d'années, voire plus, avant d'avoir de nouveau droit à une vie humaine. Néanmoins, beaucoup de bouddhistes croient qu'il faut avoir commis des choses vraiment atroces pour mériter de renaître dans un royaume inférieur, et que la plupart des gens regagnent rapidement le royaume des humains.

Les quatre types d'illumination s'enchaînent naturellement et sont signe que l'on a réussi à suivre l'octuple sentier et à comprendre les quatre nobles vérités. Celui qui atteint les quatre illuminations est assuré de ne plus connaître les états inférieurs de l'être.

On dit que les quatre états de l'illumination se manifestent spontanément et totalement. Subtiles ou bouleversantes, ces petites illuminations surviennent soudainement, et le pratiquant met parfois du temps à constater les bienfaits de cet accomplissement.

L'entrée dans le ruisseau

Ce premier niveau de l'illumination concerne les êtres ayant pleinement compris l'octuple sentier et l'importance de s'éveiller, en pratiquant les enseignements du Bouddha et en vivant au sein d'une communauté de personnes partageant ces valeurs. Ceux qui entrent dans le ruisseau actualisent pleinement leur propre vision et ne sont plus rongés par le doute ni par l'attachement.

Le retour unique

Le retour unique est le deuxième niveau de l'illumination. En plus des accomplissements de l'entrée dans le ruisseau, il indique que la personne s'est libérée du désir et de la haine, et peut voir la réalité véritable.

Ceux qui atteignent les deux premiers stades de l'illumination ne se réincarnent plus dans les royaumes des animaux, des esprits affamés ou de l'enfer. On dit qu'ils reviendront une dernière fois sous forme humaine avant de devenir un *arahant*, ou « éveillé ».

Le non-retour

Le troisième niveau est aussi appelé *anagamin*. Même s'il n'a pas tout à fait connu l'illumination avant sa mort, celui qui atteint le non-retour a suffisamment progressé pour obtenir le droit d'exister dans l'une des cinq demeures pures de la conscience supérieure, où il atteindra l'illumination sans revenir dans l'un des six royaumes illusoires. Il a dépassé tout attachement mortel aux sens et au monde sensoriel. Aussi remarquable soit-il, cet accomplissement ne correspond pas encore à l'illumination.

L'éveil

Le quatrième niveau d'illumination est celui de l'*arahant*, ou « l'éveillé ». Cela signifie la même chose que *bouddha*, le terme Bouddha étant réservé à Siddhartha Gautama, qui a trouvé par lui-même la voie vers l'illumination. Tous ceux qui suivent la voie du Bouddha et atteignent l'illumination sont des *arahant*. Ils ont atteint un tel niveau de conscience qu'ils voient au-delà des mirages du samsara et ne sont plus limités par ce dernier. Les *arahant* cessent de s'incarner dans ce monde illusoire, y compris dans les cinq demeures pures. Ils existent au-delà de la réalité que nous connaissons.

Ces différents stades de l'illumination peuvent se succéder au cours d'une seule vie. Chaque fois qu'il accède à un niveau d'illumination, le bouddhiste doit continuer de pratiquer tout en menant sa vie de tous les jours. Les bouddhistes zen ont ce dicton : « Avant l'illumination, coupe du bois, porte de l'eau. Après l'illumination, coupe du bois, porte de l'eau. » Le corps continue d'exister jusqu'à ce que le processus naturel de la mort s'enclenche.

Pour les bouddhistes, gaspiller une vie humaine est d'autant plus dramatique que la renaissance dans un état de conscience inférieur marque le début d'un long parcours pour regagner la vie sous forme humaine. Selon eux, quand un être naît sous forme animale, par exemple, il lui faut des centaines, voire des milliers de vies, ou plus encore, pour revenir sous forme humaine. Contrairement au concept occidental du paradis et de l'enfer, l'idée d'une vie éternelle dans l'un des six royaumes n'existe pas chez les bouddhistes. Nous sommes tous destinés à atteindre l'illumination, et les six royaumes du désir sont des illusions qu'il faut transcender.

Comme le bouddhisme repose en grande partie sur l'effort individuel, ses adeptes ont la conviction que la moralité est indispensable pour atteindre l'illumination. L'étude de l'octuple sentier permet de beaucoup progresser sur le plan moral. Par exemple, le concept de parole juste nous interdit de mentir, de réprimander sévèrement autrui, etc. Les bouddhistes croient que seul un être moral peut accéder à l'illumination, non pas pour des raisons religieuses fondées sur le bien et le mal, mais parce qu'il est suffisamment calme intérieurement pour apprendre à bien se concentrer, ce qui constitue la première étape vers l'illumination. Peu importe le temps qu'il passe à méditer et à étudier la pensée bouddhiste, s'il mène une vie immorale, sa pratique n'apportera rien de bon. Pour le dire plus simplement, les bouddhistes doivent « joindre l'acte à la parole », de manière à accéder au calme intérieur, essentiel pour développer la concentration profonde.

LE KARMA

Les bouddhistes admettent que les tensions du quotidien, les aléas que nous rencontrons sans cesse, sont de puissants catalyseurs du développement spirituel. C'est comme si la vie était faite pour nous mettre en difficulté, provoquer notre insatisfaction et nous inciter à chercher un sens à notre souffrance. D'après les bouddhistes, le royaume des humains est le plus propice au développement spirituel. Nous souffrons, nous prenons conscience de notre souffrance, nous désirons mettre fin à cette souffrance puis nous cherchons la vérité et accédons à la liberté au prix de pénibles efforts.

Alors quel est le moteur des expériences que nous vivons ? Voici les éléments qui influencent notre qualité de vie, selon les bouddhistes : l'*utu*, les phénomènes naturels, comme les ouragans ; le *dharma*, les lois naturelles de l'univers, comme les mouvements ; le *bija*, la qualité de notre semence génétique ; le *chitta*, la qualité de l'esprit ; et le *karmaphala*, qui désigne l'action et son résultat.

Le *Karmaphala* est ce qu'on appelle couramment le karma. *Karma* signifie « action » et *phala*, « fruit ». En Occident, le karma est souvent assimilé, à tort, à la punition infligée pour les mauvaises actions que l'on a commises. Or *karma* signifie simplement « action ». Oubliez le père Noël qui compte toutes les bonnes et les mauvaises actions afin de distribuer les récompenses et les punitions que chacun mérite. Le karma explique le processus par lequel les actions intentionnelles créent des relations de cause à effet dans le monde des illusions, le samsara. Tout ce que l'on fait a un effet dans le monde qui nous entoure. Le karma peut être aussi simple que l'ulcère de celui qui se fait trop de souci ou que le Bouddha incarnant parfaitement les principes de l'octuple sentier et accédant à l'illumination.

Le Bouddha a dit : « C'est l'intention que j'appelle *karma*. Une fois l'intention formée, on agit avec le corps, la parole et l'esprit. » Ces actions physiques, verbales et mentales forment le karma. La façon dont on pense, ce que l'on dit et ce que l'on fait constitue notre réalité. Comprendre le karma aide à comprendre la vision bouddhiste du monde et pourquoi les bouddhistes voient la réincarnation comme le résultat de nos actions positives ou négatives. En ce sens, le karma n'est pas une force extérieure qui nous pousserait dans l'un des royaumes inférieurs ou supérieurs. C'est notre propre karma, notre propre prédilection pour la paix ou la violence, la sagesse spirituelle ou l'existence matérielle, qui nous attire vers l'un des royaumes d'existence.

Le karma est une chose que l'on sème, comme une graine. Il faut pratiquer la méditation consciente et appliquer les principes de l'octuple sentier au quotidien, pour cultiver un bon karma et planter les graines de nos futurs états de conscience. Autrement dit, comme on fait son lit on se couche. Choisir de vivre selon les préceptes de l'octuple sentier permet de réaliser de bonnes actions, dans l'intention de voir ce choix récompensé par l'illumination et la libération du samsara.

Le concept de karma est un aspect merveilleux du bouddhisme pour le monde moderne. Le bouddhisme forme des citoyens bienveillants, prévenants et consciencieux, qui ne craignent ni le travail ni les responsabilités. Il dispense un message de joie et de compassion pour toute vie, et exige de ses fidèles qu'ils mènent ce que la plupart des religions considéreraient comme une vie pieuse et moralement irréprochable.

Mais, dans le monde actuel, comment peut-on espérer se rappeler les nombreuses facettes du bouddhisme et les mettre réellement en pratique dans la vie de tous les jours ? Nous tenterons de répondre à cette question au chapitre suivant, et nous étudierons le concept des trois joyaux du bouddhisme : le Bouddha, le Dharma et le *sangha*.

5

LES TROIS JOYAUX

Le concept des trois joyaux est essentiel pour les bouddhistes, car il les aide à se concentrer sur leur développement spirituel. Il s'agit du Bouddha, du Dharma et du *sangha*. Tous trois représentent des aspects importants de l'enseignement bouddhiste sur la voie de l'illumination.

LE BOUDDHA

Le premier des trois joyaux est le bouddha, mais il ne s'applique pas uniquement à Siddhartha Gautama, qui est devenu « le Bouddha ». Le Bouddha a affirmé que beaucoup de bouddhas avaient vécu avant lui et que beaucoup viendraient après lui. Ce concept désigne toute personne ayant atteint l'illumination à n'importe quel moment de l'histoire. Beaucoup d'êtres illuminés ont enseigné à ceux qui peinaient sur la voie spirituelle. Partager son savoir une fois que l'on a franchi la ligne d'arrivée est considéré comme un acte pieux.

L'illumination vient de l'intérieur et se manifeste toujours d'une façon propre à chacun. Avant l'illumination, nous profitons des enseignements d'autres personnes pour mieux comprendre la nature de la réalité. Le terme *bouddha* fait aussi référence au rôle d'enseignant.

Dans la vie, le Bouddha se présentait comme un être éveillé parmi d'autres, un être ayant atteint l'illumination. Il a été le premier enseignement du bouddha durant son existence. Sa « nature de bouddha » est la manifestation externe d'un état de l'être accessible à toutes les formes de vie. Tous les êtres finiront par s'éveiller. Le joyau du bouddha représente notre potentiel maximal et le but de notre existence.

LE DHARMA

Le Dharma est le deuxième joyau. Mais il y a Dharma et *dharma*. Avec un « d » minuscule, il s'agit de la nature de la réalité, des manifestations transitoires de la réalité selon les lois naturelles. Le Dharma, avec une majuscule, correspond aux enseignements du Bouddha. Selon la tradition, le Bouddha a délivré 84 000 enseignements au cours de sa vie. Ils ont été les premiers à être mémorisés, puis écrits, et constituent ce qu'on appelle le *Buddhadharma*. Les bouddhistes dévots étudient et méditent sur ses enseignements, afin d'atteindre l'illumination plus rapidement. Puisqu'il est nécessaire de vivre en accord avec ces enseignements pour accéder à l'illumination, l'étude des paroles du Bouddha apparaît comme une évidence.

Les bouddhistes s'efforcent de vivre le *dharma* de manière à se libérer de l'insatisfaction et accéder à l'illumination. Quand des bouddhistes mènent une vie spirituelle, on dit qu'ils vivent leur Dharma. Le Dharma est lié à l'idéal suprême intérieur de votre être, votre but spirituel dans la vie. Nous avons déjà appris beaucoup de choses sur le Dharma, dans les chapitres consacrés aux quatre nobles vérités et au noble octuple sentier.

Chez les hindous, *dharma* peut signifier « le devoir » ou « la règle ». Pour eux, « vivre son *dharma* » signifie accomplir sa destinée, mais aussi son devoir. Cela peut aussi se traduire par « faire ce pour quoi on est né ». Le Bouddha a été plus loin en faisant du Dharma la manifestation de ses enseignements. Ses enseignements montrent comment atteindre l'illumination en cultivant la joie, la compassion et la félicité intérieure. Comme le *dharma*, avec un petit d, désigne aussi le monde où nous existons, on peut en déduire, en les combinant, que le Dharma bouddhiste peut être interprété comme : « Suis ta voie vers la liberté. » En suivant cette voie de béatitude, les bouddhistes incarneront naturellement les principes des quatre nobles vérités, du noble octuple sentier et des trois joyaux.

Comme chacun porte en soi sa nature ultime, suivre le cœur de son Dharma signifie devenir comme le Bouddha, un être éveillé. Trouver son Dharma est un accomplissement important sur la voie spirituelle. Beaucoup de bouddhistes ont trouvé un moyen d'y parvenir en vivant dans des communautés bouddhistes, que ce soit dans des monastères isolés ou des lieux de rassemblement au sein de la civilisation.

LE *SANGHA*

La communauté est le troisième joyau. Le *sangha* désigne la communauté d'êtres expérimentés ou illuminés auprès de qui les bouddhistes cherchent conseil et soutien sur la voie de l'éveil spirituel. *Sangha* peut aussi désigner un moine ou une nonne bouddhiste, quel que soit son niveau de compréhension spirituelle. Selon certaines écoles, ce terme s'applique aussi à toute personne suivant les enseignements du Bouddha, même si elle n'est pas bouddhiste.

Être en présence de bouddhistes expérimentés est une grande chance, et c'est pourquoi les bouddhistes de haut niveau sont considérés comme des personnes à part. Ils ne sont pas vénérés comme des gourous, comme dans la religion hindoue, mais simplement respectés et honorés pour leurs accomplissements. Nombre de bouddhistes expérimentés sont reconnus pour leurs facultés à transmettre rapidement la sagesse et les enseignements aux étudiants prêts à les recevoir. Le Bouddha a dit : « Rares sont ceux qui parviennent au nirvana sans être aidés. »

Ensemble, le bouddha, le Dharma et un bon *sangha* sont censés faciliter l'accès au but ultime, l'illumination. Cependant, de nombreux adeptes auraient réussi à atteindre l'illumination en se passant de l'un voire de plusieurs de ces joyaux.

L'engagement envers les trois joyaux est considéré comme un prérequis pour devenir bouddhiste. Une fois que l'on est bouddhiste, une pratique méditative courante consiste à réfléchir à la signification du bouddha, du Dharma et du *sangha*. Chez les adeptes, la méditation n'est pas un acte passif où l'esprit se vide. Au contraire, de nombreuses pratiques exigent une réflexion active autour d'un concept particulier. Les efforts mentaux de ce genre sont considérés comme de puissants alliés sur la voie de l'illumination, car ils préparent l'esprit à saisir la vraie nature de la réalité et à accéder à l'illumination intérieure.

Aujourd'hui, on trouve des *sangha* partout dans le monde. On recense des myriades d'écoles de bouddhisme ; certaines sont mondialement reconnues et d'autres sont assimilées à des sectes nouvelles ou locales. Chacune d'elles est un type de *sangha*. Dans notre monde moderne et mouvementé, trouver une communauté de bouddhistes avec qui étudier est une excellente façon de s'initier. Le Bouddha a dit : « Un ami hypocrite et malfaisant est plus à craindre qu'une bête sauvage. La bête sauvage peut vous blesser le corps, mais l'ami malfaisant vous blessera l'esprit. » Un *sangha* de personnes de même sensibilité permet à ses membres de s'entraider pour atteindre leur but commun, l'illumination.

Les trois joyaux du bouddha, du Dharma et du *sangha* forment une structure qui facilite l'accès à l'éveil. Rappelons que les bouddhistes ne croient pas en une puissance supérieure salvatrice ; la libération vient de l'intérieur et résulte des efforts personnels. Le concept des trois joyaux nous enjoint d'étudier les enseignements du Bouddha et de vivre avec compassion – en s'appuyant sur le Dharma, pour devenir sage, et sur le *sangha* pour partager ce que l'on a à offrir au monde.

6

DEVENIR BOUDDHISTE

Pour les aspirants bouddhistes qui souhaitent suivre les traces du Bouddha jusqu'à l'illumination, les conditions d'entrée sont simples. Ils doivent participer à la cérémonie de la « prise des trois refuges ». Même s'il varie légèrement d'une secte bouddhiste à l'autre, ce rituel consiste, pour l'essentiel, à formaliser son adhésion au bouddha, au Dharma et au *sangha*. Les bouddhistes doivent aussi s'engager à respecter les cinq préceptes suivants : ne pas tuer, ne pas voler, ne pas mentir, ne pas s'enivrer (y compris par le biais de la drogue) et ne pas se méconduire sexuellement. Une fois cela fait, vous devenez officiellement bouddhiste.

Le Bouddha a dit que, pour suivre ses enseignements, il faut « éviter le mal sous toutes ses formes, faire tout ce qui est bon, se purifier l'esprit ». Il a aussi dit que, si une personne peut faire preuve de bonté bienveillante même lorsqu'elle est torturée par des voleurs, alors elle est vraiment une disciple du Bouddha. Espérons que la situation ne se présente jamais, mais vous comprenez l'idée : la sagesse et la compassion sont l'expression suprême de la spiritualité. La sagesse est plus qu'un travail machinal de mémorisation ou qu'une vague adhésion. Elle nécessite de comprendre les enseignements du Dharma, les œuvres complètes du Bouddha. Elle demande de réels efforts. De même, chacun doit faire de la compassion un principe essentiel de son existence, non pas parce que le Bouddha l'a dit, mais parce que c'est l'expression d'une conscience éveillée. Rappelez-vous que le mal est simplement considéré comme une profonde ignorance, et que les êtres conscients sont incapables de faire le mal. La joie, la paix et la compassion qui émanent de ces bouddhistes éveillés sont une évidence.

Des millions de « bouddhistes de salon » étudient les enseignements du Bouddha, pratiquent la méditation, s'efforcent de vivre en suivant les principes de l'octuple sentier et tâchent en général d'améliorer le sort du monde. Beaucoup d'entre eux se considèrent comme bouddhistes. Beaucoup participent à des retraites intenses et prennent les paroles du Bouddha très au sérieux. Les bouddhistes estiment qu'une fois que l'on s'engage sur la voie de l'illumination, on ne peut plus faire demi-tour. Même si l'on doit vivre des milliers d'existences pour atteindre l'illumination, l'étincelle du désir de libération ne s'éteint jamais et on finit forcément par s'éveiller totalement.

Le développement mental est une marque de fabrique du bouddhisme. Cela ne se mesure pas à la qualité ou à la quantité des pensées. Le but est plutôt de contrôler le flot incessant et erratique des pensées. Celui qui y parvient avance plus rapidement vers l'illumination. Le Bouddha a dit un jour : « Pour être en bonne santé, pour apporter le vrai bonheur à sa famille et la paix à tous, il faut d'abord dompter et contrôler son propre esprit. L'homme qui peut contrôler son esprit peut trouver le chemin vers l'illumination, et toute la sagesse et la vertu lui viendront naturellement. » Plusieurs paroles similaires du Bouddha révèlent la simplicité de son enseignement.

Le Bouddha demande à ses disciples de pratiquer de façon active. Il nous demande d'apporter « la paix à tous » et « le vrai bonheur à [notre] famille ». Les relations humaines sont faites de hauts et de bas, et nos interactions avec les membres de notre famille, nos amis, nos collègues et nos voisins peuvent être source de stress, plus ou moins intenses. Ces conditions apparemment défavorables fournissent à l'humanité les éléments spirituels nécessaires pour faire germer les graines de *bodhisattva* présentes en chacun de nous. Tandis que certains bouddhistes vivent dans une grotte au fond de la forêt, estimant que même la vie monastique offre trop de distractions, d'autres prospèrent dans les centres-villes. Toutes les formes d'activités humaines permettent d'améliorer sa capacité à aimer ses ennemis (et ses amis), à partager ce que l'on possède avec le monde et à répandre la joie et la compassion en choisissant d'agir avec bienveillance et une intention consciente.

Les enseignements du Bouddha reconnaissent le pouvoir du libre arbitre pour aider l'humanité ou lui nuire. En prenant refuge sous la protection des trois joyaux et en devenant bouddhiste, on s'engage à tenter ce qui peut sembler impossible : choisir délibérément la bienveillance et la conscience de soi pour le restant de ses jours, en toutes circonstances.

Le Bouddha a enseigné ces concepts 500 ans avant l'ère du Christ. 2 500 ans plus tard, l'humanité est toujours aux prises avec les mêmes passions, les mêmes doutes existentiels et les mêmes tensions qu'à l'époque du Bouddha. Beaucoup de religions prêchent une fin des temps où les événements extérieurs de la vie changeront et apporteront un monde plus paisible. Cette fin des temps peut correspondre à la fin d'un cycle, un changement astrologique dans les cieux ou un acte divin ou réalisé par d'autres forces extérieures. Le bouddhisme considère que tout cela repose uniquement sur vous, en tant qu'individu, et vous demande de faire l'impossible. Il décrit un type d'existence qui nous est totalement étranger, l'illumination, et qui doit coexister avec le monde dont il est venu, un monde qui n'est même pas réel. Les bouddhistes cherchent l'illumination pour comprendre ce qui se passe réellement dans l'univers, mais aussi pour demeurer ensuite dans le monde illusoire du samsara et aider les autres à s'éveiller à leur tour.

La voie bouddhiste commence par un simple engagement à vivre avec compassion, être bienveillant, étudier les enseignements du Bouddha et se mêler à des personnes de même sensibilité. Ce sont des étapes simples et à la portée de tous, à condition de faire quelques efforts. La bienveillance est peut-être la plus simple. Elle fait partie intégrante de la vie d'un bouddhiste. Comme l'a dit Bouddha : « On peut allumer des milliers de bougies avec une seule d'entre elles, sans que la vie de cette bougie ne soit écourtée. Le bonheur ne diminue pas lorsqu'on le partage. » Vivre dans un état de joie, de bienveillance et de compassion exceptionnelles est signe que l'on suit la voie du Bouddha.

Au chapitre suivant, nous verrons plus en détail les concepts bouddhistes d'amour et de bienveillance.

6

LE CŒUR ÉVEILLÉ

Si le bouddhisme parle beaucoup de « l'esprit », il accorde à ce mot un sens un peu particulier. Il ne s'agit pas de l'esprit pensant, mais de l'esprit conscient. En fait, le flot incessant des pensées qui nous traversent l'esprit est considéré comme l'une des principales sources de la *dukkha*, l'insatisfaction ignorante qui ronge l'humanité. En termes bouddhistes, l'esprit est notre capacité à penser et sentir, consciemment ou inconsciemment.

LE SOI ET LES AUTRES

La conscience éveillée du *bodhisattva* sommeille en chacun de nous. Les bouddhistes pensent qu'une grande partie de nos souffrances sont dues à nos désirs et notre attachement aux choses du monde qui nous entoure. Cela illustre l'ignorance humaine de base. Les bouddhistes, eux, réalisent, agissent de façon altruiste et désintéressée. L'accomplissement de ce genre d'actions, motivées par la compassion et visant à mettre fin à la souffrance dans le monde, procure un sentiment de bonheur et de joie.

Se concentrer sur ses propres problèmes revient à dire que les soucis d'une personne sont plus importants que tous les autres êtres vivants de l'univers. Inversement, le souhait de soulager la souffrance de tous les êtres de l'univers peut avoir des répercussions sur une infinité d'existences. Ce subtil déplacement de point de vue, de soi vers les autres, donne accès à une plus grande compréhension de l'état du monde et permet à la conscience sensible d'investir ce monde plus vaste.

Que l'on se concentre exclusivement sur soi ou sur les autres, le déséquilibre est le même. En veillant à mener sa vie de manière à rendre service au monde, on peut trouver l'équilibre entre sa vie intérieure et sa vie extérieure. En tant qu'humains, nous avons tendance à nous concentrer davantage sur nous-mêmes plutôt que sur les autres. Les deux étant tout aussi importants, il est nécessaire de trouver l'équilibre pour accéder à l'illumination.

Concernant le soi, comment doit-on chercher à satisfaire ses propres besoins ? La première étape consiste à essayer de comprendre ce qui compte vraiment pour soi-même, et à quelle partie de soi on s'adresse lorsqu'on œuvre dans son propre intérêt. Pour les bouddhistes, la réponse est très claire. Le soi intérieur qui mérite notre attention est la graine de bouddha qui attend d'être cultivée et fertilisée pour devenir un être pleinement éveillé. Se concentrer sur soi ne signifie donc pas chercher à se faire plaisir avec une nouvelle voiture, une nouvelle maison ou tout autre objet futile. Pour les bouddhistes assidus, le développement spirituel prévaut sur tous les besoins terrestres, en dehors des besoins essentiels : se nourrir, boire, avoir un lieu où dormir et méditer. Il ne faut pas s'attacher aux biens terrestres. Les bouddhistes modifient leur mode de vie existant conformément aux préceptes de bienveillance et de compassion de l'octuple sentier. En incarnant l'octuple sentier, on éveille la conscience intérieure et la sagesse. Le soi a besoin de s'éveiller. L'éveil spirituel est forcément bénéfique, ne serait-ce qu'aux autres, à qui on rend service et on offre sa compassion. Ce genre d'attitude nous aide à accorder moins d'importance aux sources de stress du quotidien ; les soucis de la vie courante deviennent secondaires.

Concernant les autres, le but ultime de l'être éveillé est de les aider à accéder à l'illumination. Le dalaï-lama a un formidable proverbe : « Soyez bienveillant chaque fois que c'est possible. C'est toujours possible. » Être présent pour les autres, avec bienveillance, compassion et même joie s'avère transformateur. Tâcher d'illustrer ces qualités au quotidien ne causera jamais de tort aux autres, ce qui constitue déjà un accomplissement en soi. De plus, cela peut inciter les autres à chercher l'éveil spirituel, afin de trouver leur propre bienveillance, compassion et joie intérieure, à l'instar de Bouddha, face à l'homme pieux heureux lors de son voyage en dehors du palais.

LA BODHICHITTA

Cette idée de vivre de façon équilibrée afin d'atteindre l'illumination pour le bien de tous les êtres s'appelle la *bodhichitta*. *Bodhi* signifie « éveillé » et *chitta*, « le cœur ». *Bodhichitta* est généralement traduit par « cœur éveillé », synonyme de compassion consciente. Cultiver la *bodhichitta* est une façon pour les bouddhistes d'avancer vers l'état illuminé de l'être, ce qui peut demander des années d'entraînement méditatif. Vous devez alors développer le souhait profond que tous les êtres accèdent à l'illumination, quitte à ce qu'ils y parviennent avant vous. Cela fait écho à l'idée des *bod-dhisattva* ou « êtres illuminés » faisant vœu de repousser l'aboutissement de leur propre illumination jusqu'à ce que tous les autres puissent se joindre à cet état illuminé. La *bodhichitta* est un désir d'aider les autres en profondeur et implique d'ouvrir son cœur à la souffrance du monde et de faire le choix de la bienveillance, quoi qu'il arrive.

La *bodhichitta* peut s'exprimer en ces termes : « Que tous les êtres connaissent le vrai bonheur et les causes du bonheur ; que tous les êtres soient libérés de l'ignorance et des causes de l'ignorance. » La *bodhichitta* est la voie de la compassion. Ensemble, la compassion et la sagesse préparent l'intérieur de l'être à accéder à l'illumination. La sagesse sans compassion est imparfaite, et inversement. L'esprit, chez les Orientaux, est une combinaison des concepts occidentaux d'esprit et de cœur. Pour initier les esprits occidentaux à la pensée bouddhiste, on peut dire que le sage est animé par son cœur spirituel, et non son esprit intellectuel. C'est pourquoi le Bouddha a dit : « Le chemin n'est pas dans le ciel. Il est dans le cœur. » Ce chemin, c'est la voie du milieu, ou noble octuple sentier, souvent perçue comme une voie de développement et de recherche intellectuels, alors qu'elle consiste plutôt à transcender les pensées mentales et les émotions de base, pour atteindre un lieu où la conscience sensorielle émerge de la compassion, que les Occidentaux associent au cœur.

L'idée de cœur éveillé correspond à l'alliance de la sagesse et de la compassion. Le désir d'incarner la *bodhichitta* incite les bouddhistes à pratiquer les six perfections de la générosité : la générosité, l'éthique, la patience, l'effort, la concentration sur un point unique et la sagesse. Pour les bouddhistes, ce type de sagesse dépasse la compréhension intellectuelle. La sagesse transcende l'esprit et résulte de la compréhension directe de la vérité. Le Bouddha a dit : « Nos pensées nous façonnent ; nous devenons ce que nous pensons. Quand l'esprit est pur, la joie nous suit comme une ombre qui ne nous quitte jamais. » Le développement actif de soi visant à incarner la joie, la sagesse et la compassion dans l'espoir de contribuer à un monde meilleur est l'un des nombreux principes qui font du bouddhisme une philosophie vraiment à part.

Cela m'évoque un autre aspect intéressant du bouddhisme. De même que la psychologie populaire, les bouddhistes se concentrent sur les attributs positifs plutôt que sur les traits de personnalité dont on souhaite se débarrasser. Tandis que d'autres religions mettent l'accent sur l'abolition du péché et la pénitence, les bouddhistes apprennent à considérer leur nature imparfaite comme une évidence et à l'accepter, sans associer d'émotions ou de pensées négatives à leur état de développement spirituel actuel. Ils croient qu'en se concentrant sur les résultats positifs désirés, ils finiront par développer ces qualités en eux-mêmes et que leur nature imparfaite s'estompera progressivement.

LES ÊTRES INCOMPLETS

Les bouddhistes associent les affirmations positives, la visualisation créative, la méditation en groupe sur divers thèmes positifs ainsi que d'autres méthodes, afin de cultiver une nouvelle personne spirituelle positive. Ils pensent qu'à la naissance, l'être humain est une tout autre personne. Cette personne affiche certaines caractéristiques héritées des expériences de ses vies antérieures, de sa famille et d'autres phénomènes sociaux et naturels. Les bouddhistes croient aussi que nous naissons tous spirituellement endormis. Ils estiment que les adultes sont, comme les bébés qui viennent de naître, incapables de maîtriser leur destinée. Malgré nos corps d'adultes, nous ne sommes que des enfants sur le plan spirituel, psychologique et émotionnel. Les gens ordinaires sont considérés comme des êtres incomplets, des graines prêtes à germer et à devenir ce qu'elles sont censées être. Ce n'est qu'au travers d'efforts conscients que cette nouvelle personne peut s'éveiller.

Si l'on part du principe que les gens ordinaires sont incomplets, la personnalité qui nous est attribuée à la naissance n'a pas incidence sur notre développement spirituel. Nous partons tous de zéro. À la naissance, aucun de nous, à quelques exceptions près, ne se souvient pourquoi il est là ni d'où il vient. À chaque naissance, tout recommence et l'on doit réapprendre à s'éveiller. Les bouddhistes en déduisent que les hommes naissent égaux.

Aucun n'est supérieur ni plus important qu'un autre, par sa naissance ou son statut social. C'est en atteignant l'éveil spirituel, au travers d'efforts soutenus et réguliers, que l'individu peut gagner le respect et la reconnaissance. À la question « Qu'est-ce qu'un grand homme ? », le Bouddha a répondu : « C'est en libérant l'esprit que l'on devient un grand homme. Il n'y a pas de grand homme sans libération de l'esprit. »

Quel est donc le rapport entre la *bodhichitta* et l'éveil, la libération de l'esprit ? Le Bouddha considère que chaque être humain est connecté à la *bodhichitta*. Cette dernière représente une part de nous qui est déjà illuminée. Par conséquent, vivre dans la *bodhichitta* indique que l'on est sur la voie de l'illumination. Les bouddhistes considèrent la *bodhichitta* comme une force dans laquelle chacun peut puiser, même aux heures les plus sombres. Tout le monde, quel que soit son niveau d'éveil spirituel, peut à tout moment choisir l'amour et la compassion plutôt que la souffrance d'autrui. Le fait d'exister dans un état de compassion et de bonté bienveillante favorise l'éveil spirituel.

Exercice : la méditation de la bonté bienveillante

Cette méditation peut se faire à tout moment, dès que vous avez 15 minutes devant vous. Il existe de nombreuses variantes de cet exercice. Quels que soient les termes ou la durée de la méditation, le plus important est l'intention mise en œuvre. À force de pratique, l'impression de vaine répétition laissera place à des sentiments d'espoir, de bonheur et de compassion. Cette méditation consiste à répéter certains mots encore et encore. Considérez ces mots comme des affirmations ou des intentions positives pour votre existence.

Commencez par trouver un endroit confortable où vous détendre et méditer. Inspirez profondément plusieurs fois et laissez votre esprit, vos émotions et votre corps se calmer et se détendre. Quand vous êtes prêt(e), répétez intérieurement les mots suivants pendant une quinzaine de minutes.

« Je suis rempli(e) de bonté bienveillante. Je suis bien. Je suis en paix. Je suis heureux(se). » Tout en répétant ces phrases, imaginez-vous entouré(e) de bonté bienveillante. Pendant cette méditation, tâchez d'esquisser un sourire. Cela aura un puissant effet psychologique et vous aidera à vous sentir bien, en paix et heureux(se).

Répétez l'exercice aussi souvent que possible pendant plusieurs mois, toujours en souriant et en vous concentrant sur vous-même. Pour aller plus loin, après avoir médité pour vous-même, vous pouvez ajouter de la bonté bienveillante pour les autres, en adressant votre intention de bonté bienveillante au monde entier et à l'univers. Mais avant cela, commencez par essayer de rester suffisamment concentré(e) pour vous inonder de bonté bienveillante pendant 15 minutes, plusieurs fois par semaine. Le Bouddha nous rappelle que « vous aurez beau chercher dans tout l'univers une personne qui mérite votre amour et votre affection plus que vous-même, vous ne la trouverez pas. Vous méritez autant votre propre amour et votre propre affection que n'importe qui dans l'univers ».

8

LA MORT, LE TEMPS ET L'INSTANT PRÉSENT

La préparation consciente à la mort est un autre aspect fascinant de la philosophie bouddhiste. Le Bouddha nous enseigne que notre réalité est une illusion dont il faut se libérer en s'éveillant. Le temps et l'espace n'existent pas ; ce sont des constructions de notre imagination commune. Cependant, l'illusion est si forte, si parfaitement manifeste, que nous en sommes profondément prisonniers et que nous croyons en sa réalité. Aux yeux du Bouddha, le monde illusoire où nous vivons est si convaincant que nous devenons inextricablement attachés à tous les phénomènes qui s'y produisent, vie après vie. Nous accordons tant d'importance à des objets et à des personnes qui n'existent pas tels qu'ils nous apparaissent, que nous finissons par nous attacher à une infinité d'états intérieurs qui monopolisent notre attention, de la joie à la tristesse.

Évidemment, après avoir compris que nous vivions dans un rêve, le Bouddha a voulu se réveiller. Il s'est évertué à se libérer de cette illusion au cours d'une seule vie. Il n'avait pas un instant à perdre. Contrairement aux Hindous, chez qui des restrictions s'appliquent en matière de méditation, le Bouddha affirmait que tout le monde devait pratiquer aussi souvent que possible, que ce soit en méditant, en mangeant ou même en dormant.

Notre vie est si courte qu'accéder à la conscience de soi, à l'éveil de soi et à l'illumination s'apparente à une course contre la montre. Le but ultime des bouddhistes est de s'éveiller spirituellement avant que la conscience ne soit confrontée à la mort et contrainte de renaître dans un autre corps, dans une autre vie. Ils croient que nous oublions tout des expériences et des connexions de nos vies antérieures à l'instant qui précède la naissance, et qu'il faut alors tout recommencer et fournir d'intenses efforts pour s'éveiller de nouveau.

Les Occidentaux parlent peu de la mort et encore moins de ce qui lui succède. Même ceux qui ont des croyances religieuses laissent l'instance supérieure de leur choix décider de leur sort post-mortem. On parle parfois d'expériences de mort imminente, impliquant une lumière blanche, l'apparition d'êtres chers décédés ou des visions du paradis ou de l'enfer. Même si nombre de personnes croient en une sorte de vie après la mort, les médias présentent ces récits comme de simples fictions pittoresques. Pour les bouddhistes, néanmoins, la mort est un sujet d'étude et de méditation très respecté. Cette dernière est considérée comme la motivation essentielle de l'effort spirituel, car elle est incontournable et approche chaque jour un peu plus.

Pour souligner l'importance du temps et de l'inévitable mort, les bouddhistes se livrent à deux types de pratique méditative, l'une extérieure et l'autre intérieure. Pour ce qui est de la pratique extérieure, ils peuvent visiter des cimetières et prendre le temps de constater la mortalité inhérente du corps humain. L'acceptation de la mort les aide à tirer le meilleur de leur brève existence humaine. La mort s'approchant de jour en jour, chaque instant doit être consacré à l'éveil de soi. On s'imagine alors des bouddhistes vêtus d'étoffes safran méditant de l'aube au crépuscule… Mais depuis des millénaires, de nombreux adeptes mènent des existences ordinaires, avec une vie de famille, un travail et des responsabilités, comme tout le monde. On les appelle les « chefs de famille ». Tout en accomplissant leurs devoirs du quotidien, ils se livrent aux pratiques spirituelles bouddhistes courantes et font de leur mieux pour suivre le noble octuple sentier. De nombreux citoyens ordinaires, non moines, sont réputés avoir atteint l'illumination.

Intérieurement, les bouddhistes se préparent à la mort en pratiquant différents types de méditation consistant à visualiser le processus de mort. En Occident, cette idée s'est principalement diffusée à travers les textes des bouddhistes tibétains. Dans le *Livre tibétain de la vie et de la mort*, l'auteur Sogyal Rinpoché offre aux Occidentaux un aperçu très éclairant des pratiques spirituelles des bouddhistes tibétains en préparation à la mort. Ces pratiques spéciales les aident à visualiser les nombreux stades de conscience traversés lors de la mort. À travers ces sortes d'entraînement au processus de mort, ils essaient de s'acclimater aux sons et aux visions spirituelles qui surviennent à ce moment-là. Selon eux, après la mort, nous sommes submergés de toutes sortes d'images, de sons, de souvenirs, d'odeurs et de sensations diverses. Ces sensations intenses simulent l'intensité du monde où nous vivons actuellement et, bien qu'elles soient factices, paraissent bel et bien réelles. Si nous n'y sommes pas préparés, nous nous laissons en partie happer vers l'incarnation suivante par la sensation qui nous attire le plus. Les bouddhistes souhaitent donc se préparer à résister à ces multiples images et à rester focalisés sur ce qu'ils appellent la « claire lumière de la conscience ».

Les bouddhistes tibétains méditent aussi sur le processus de mort afin de se libérer de la peur qu'elle inspire. Ne pas craindre la mort permet aux bouddhistes expérimentés de se frayer un chemin parmi les sensations incontrôlables qui accompagnent la mort, et de se réincarner de la façon la plus désirable possible, voire pas du tout. Les bouddhistes pensent qu'il est impossible de se détacher vraiment de ces visions et de choisir consciemment sa prochaine naissance ou de faire le choix de ne pas renaître. Ils pensent en revanche que l'on peut accéder à l'illumination pendant la mort.

LE PRÉSENT ÉTERNEL

L'un des avantages de la méditation en pleine conscience, ou observation de soi, est qu'elle génère un sentiment exacerbé de présence. Le Bouddha a dit : « Ne repensez pas au passé, ne rêvez pas à l'avenir, concentrez-vous sur l'instant présent. » Les bouddhistes valorisent la capacité à vivre totalement conscient de l'instant présent pour plusieurs raisons. Elle diminue l'attachement, favorise la concentration sur un point unique et apaise à la fois le corps, l'esprit et le flot aléatoire des pensées. Mais les bouddhistes croient également qu'au-delà du temps et de l'espace, il existe un présent éternel.

C'est une notion difficile à expliquer dans le monde où nous vivons, dans lequel le temps s'écoule inexorablement, l'univers s'étendant autour de nous jusqu'à l'infini. Si la vie était un océan en mouvement, le présent éternel serait une goutte d'eau. Cette goutte porte tout en elle, inflexible et immuable. Le Bouddha révèle à ses disciples une réalité totalement différente de celle où nous naissons. En les sensibilisant à l'idée de notre mort imminente, le Bouddha espère inciter ses disciples à travailler sans attendre, en vue de leur éveil. La méditation a l'immense avantage de plonger la conscience dans l'instant présent. Sa pratique régulière accroît aussi le pouvoir de concentration. Les bouddhistes considèrent que le fait de se concentrer sur l'instant présent favorise nettement l'éveil spirituel, en partie parce que cela aide à garder l'esprit clair, calme et concentré lors du processus de mort.

La plupart des gens se laissent ballotter par l'existence, distraits par leurs obligations, leurs faux-semblants et leur détresse intérieure. Mais la mort approche. Chaque jour un peu plus. On ne peut rien y faire. Selon les bouddhistes, si l'on n'est pas en mesure de rester calme, présent et concentré pendant cette existence, alors on a peu de chances d'y parvenir au moment de la mort. Ce serait comme espérer réussir un examen haut la main sans aucune connaissance sur le sujet, ou attendre d'être emporté par un raz-de-marée pour apprendre à nager. Les bouddhistes considèrent les expériences humaines comme le début d'une autre forme de conscience, le nirvana, mais si l'on ne fait pas d'effort dès maintenant pour initier le processus d'éveil, la conscience est indéfiniment recyclée d'un corps à l'autre, d'une vie à la suivante.

La mort est perçue comme une expérience tumultueuse. Tout d'abord, c'est un choc majeur pour la conscience, qui se met soudainement à exister sans corps, sans le monde où l'on est né. Elle est assaillie d'une foule d'images frappantes, de sons et d'odeurs intenses et de souvenirs en tous genres. Les bouddhistes considèrent que, pour nombre de personnes, la mort et la renaissance sont des expériences effroyables. D'autres s'attachent aux êtres aimés, aux rêves non accomplis ou aux émotions négatives suscitées par des actes passés ou des occasions manquées. Toutes ces choses témoignent d'un attachement à la vie illusoire, au samsara, et les pratiques bouddhistes visent à transcender toute cette souffrance inutile en développant la concentration sur un point unique et un degré de conscience supérieur. Ce n'est qu'en s'éveillant spirituellement que l'on peut percer les illusions qui se manifestent dans la vie et dans la mort, et percevoir ce qui se passe réellement.

Les bouddhistes ont pour but de s'éveiller totalement, de s'élever au-dessus de la roue du karma et de rompre ainsi le cycle des réincarnations. La méditation rappelle aux bouddhistes la nécessité de pratiquer ; les méditations spécifiques sur la mort les préparent au processus de mort et les entraînent à ne pas se détourner de la conscience du Bouddha, la conscience de l'illumination. De cette manière, ils parviennent à se libérer. Cette croyance en un cycle sans fin de renaissance dans l'un des six mondes illusoires est si profonde qu'elle définit le seul et unique but de l'existence : s'éveiller suffisamment pour ne plus être happé par l'illusion de la vie. Le Bouddha affirme que l'on peut s'éveiller à tout moment au cours d'une vie, même durant la mort. Les bouddhistes pensent qu'il y a beaucoup à faire en préparation de la mort, car même si l'on accède à l'illumination au cours de son existence, on doit encore vivre le restant de sa vie. Puisque la mort est inévitable, les bouddhistes font tout pour préparer la transition de cette vie à la prochaine.

Même si l'idée d'être conscient de sa mort imminente à chaque instant peut paraître un peu morbide, c'est indéniablement un excellent facteur de motivation. Le monde moderne semble obsédé par la culture de la jeunesse. Les médias nous font l'injonction de paraître, d'agir et de vivre comme si nous étions éternellement jeunes. Nos connaissances actuelles sur le corps humain ont permis d'allonger l'espérance de vie moyenne et la qualité de vie de beaucoup de personnes âgées, mais la mort est toujours là, nous attendant à bras ouverts au bout du chemin. Si un bouddhiste ne réussit pas à atteindre les tout premiers niveaux d'éveil spirituel au cours de son existence, il devra se réincarner, en humain… ou en autre chose. Pour rappel, les bouddhistes croient qu'il existe six mondes où vivent différents types d'êtres. D'après eux, quel que soit le monde où il renaît, l'être oublie tout de ses vies antérieures et doit recommencer à zéro. Sa nouvelle vie peut favoriser le développement spirituel, ou pas. L'effort qu'il fournit pour s'éveiller au cours de son existence est la seule chose qu'il puisse contrôler. La vie est donc une course contre la montre et contre la mort, où nous devons traverser, à chaque fois, les six *bardo* du devenir, c'est-à-dire les états de conscience auxquels nous sommes confrontés avant d'être précipités dans une autre vie.

LES SIX *BARDO*

Les bouddhistes tibétains distinguent six états de la conscience humaine ou *bardo*. Ce terme peut se traduire par « conscience transitoire ». Chaque *bardo* possède des propriétés caractéristiques et représente un aspect spécifique de l'expérience humaine. Les bouddhistes croient que les *bardo* se fondent l'un dans l'autre. Certains se chevauchent, tandis que d'autres correspondent à des états de conscience isolés. À l'origine, il n'existait qu'un seul *bardo*, celui du devenir, mais au fil du temps, d'autres aspects du cycle de la vie et de la mort ont été pris en considération.

Le premier *bardo*

Le premier *bardo* est la conscience de la naissance et de la vie jusqu'au dernier souffle. Autrement dit, c'est le *bardo* où nous vivons actuellement, et il peut être vécu simultanément aux deux suivants.

Le deuxième *bardo*

Le deuxième *bardo* est la conscience de nos rêves. Les bouddhistes tibétains considèrent le rêve comme une autre excellente occasion de se préparer à la vie après la mort. De nombreuses pratiques ont pour but de développer la conscience éveillée pendant les phases oniriques. Selon le bouddhiste tibétain Tenzin Wangyal Rinpoché, auteur populaire en matière de rêve lucide, les rêves sont des illusions qui nous entraînent dans leur arc narratif, comme le fait notre conscience lorsque nous sommes éveillés. Rinpoché écrit : « Si l'on ne peut pas continuer de pratiquer pendant son sommeil, si l'on se perd chaque nuit, comment peut-on espérer être conscient quand surviendra la mort ? » Là encore, cela soutient l'idée que la réalité à laquelle nous sommes confrontés n'est qu'une occasion de se préparer à ce qui vient après la mort.

Le troisième *bardo*

Le troisième *bardo* est la conscience pendant la méditation, le *samadhi*. La méditation est un état de reconnaissance de soi, et un aspect crucial de la philosophie bouddhiste, que nous étudierons plus en détail au chapitre suivant. Les bouddhistes pratiquent la méditation active pour mieux prendre conscience de leurs mondes intérieur et extérieur. La méditation a pour but de développer une conscience infaillible, indépendante de nos états intérieurs ou extérieurs. Dès lors, rien ne peut détourner notre attention, et notre conscience reste claire. Pour ceux qui pratiquent correctement, il est possible de rester en état de *samadhi* durant le processus de mort. Pour les bouddhistes, ce genre d'accomplissement est très bénéfique et permet d'accéder à l'illumination au moment de la mort.

Le quatrième *bardo*

Le quatrième *bardo* est la conscience au moment de la mort. Les bouddhistes croient en l'existence de cinq forces ou éléments permettant à la conscience d'exister dans ce monde : la terre, l'eau, le feu, l'air et l'espace. Ces éléments correspondent aux expériences du poids ou de la masse, de la température, du mouvement et de l'espace ouvert dans lequel nous existons. Les bouddhistes pensent que l'équilibre entre ces cinq éléments détermine celui de notre existence, et que leur déséquilibre provoque la maladie. Bien qu'extrêmement simpliste, cette explication décrit la philosophie des cinq éléments. Au moment de la mort, les cinq éléments se dissolvent et le sentiment d'être humain disparaît. Cette perte est un choc pour la conscience et peut engendrer une grande confusion durant la mort. Une conscience non préparée va souvent de pair avec un ego surdéveloppé ou un attachement excessif à la vie qui vient de s'achever. Comme la plupart des gens s'identifient à leur apparence physique, une fois que leur corps n'est plus là et que seule la conscience reste, ce changement soudain peut susciter beaucoup de tristesse, de colère et de confusion. À l'inverse, les pratiquants assidus, qui ont cultivé la joie et la compassion, suivi le noble octuple sentier et développé la concentration sur un point unique grâce à la méditation ressentent peu de souffrance lors de la dissolution des cinq éléments, car leur degré d'attachement au corps est déjà faible.

Les bouddhistes croient fermement qu'il est possible de rester parfaitement conscient pendant le processus de mort et d'assister aux cinq étapes de la dissolution avec calme et sérénité. De plus, ils pensent que beaucoup de pratiquants avancés méditent pendant plusieurs jours après la mort, dans un état de *samadhi* exacerbé. Normalement, cependant, le traumatisme de la mort nous plonge un certain moment dans l'inconscience. Nous restons inconscients plusieurs « jours » avant de nous réveiller dans le cinquième *bardo*.

Le cinquième *bardo*

Le cinquième *bardo* est la conscience de sa propre nature et de celle de la réalité. C'est le *bardo* du devenir, car nos expériences dans ce monde façonnent notre prochaine vie. Pour la plupart des gens, le cinquième *bardo* est un raz-de-marée très perturbant d'images, de sons, d'odeurs et de diverses projections de leur propre conscience. La qualité de ces dernières dépend de la qualité de la vie qui a précédé. Ceux qui se sont préparés et ont beaucoup profité de la claire lumière voient défiler le cinquième *bardo* en un éclair, comme s'ils regardaient la télévision. Autrement dit, ils assistent à cette expérience avec détachement, sans que cela affecte leur conscience. Pour ceux qui sont prisonniers de leurs passions, de ce qu'ils aiment et de ce qu'ils n'aiment pas, le cinquième *bardo* détermine la qualité de la prochaine renaissance. Pendant le cinquième *bardo*, les gens essaient souvent de prendre contact avec des êtres chers, de visiter des lieux qu'ils aimaient et de revivre les expériences auxquelles ils étaient attachés durant leurs vies précédentes. Ils finissent ensuite par accepter la mort et le processus de la renaissance commence. Le cinquième *bardo* peut faire resurgir tous nos systèmes de croyances, nos attachements, nos espoirs et nos rêves en même temps. Des visions du paradis et de l'enfer, des fantasmes positifs ou négatifs, des images séduisantes d'amours perdues et toutes sortes de distractions peuvent facilement accaparer notre attention.

Les bouddhistes avancés peuvent accéder à la claire lumière, constamment présente durant le cinquième *bardo*. Cette expérience dépend du niveau d'éveil atteint au cours de la vie qui a précédé. Celui qui reste détaché de ses propres manifestations de l'esprit est capable de percevoir la claire lumière qui l'entoure. Dans le meilleur des cas, la perception de la claire lumière mène instantanément à l'illumination, rompant ainsi le cycle de la mort et de la renaissance.

Le sixième *bardo*

Le sixième *bardo* est la conscience de la renaissance dans une nouvelle vie. Là encore, si quelqu'un a atteint un certain niveau d'éveil dans la vie qui a précédé, sans connaître l'illumination mais suffisamment pour percevoir temporairement la claire lumière, il peut rester alerte durant le processus de renaissance, tandis que ceux qui sont prisonniers de leur attachement ont des visions induites par leur karma. Quoi qu'il en soit, au moment de la renaissance ou du retour au premier *bardo* lors de la première inspiration, la vague de l'oubli nous submerge et tous les souvenirs du *bardo* intermédiaire et de tous les cycles de vie précédents s'évanouissent.

Selon le Bouddha, « les habitudes de pensée peuvent s'ancrer dans le caractère. Alors faites attention à vos pensées ». Selon les enseignements sur le *bardo*, la qualité des vies antérieures, qui assure une renaissance positive ou négative, dépend du degré d'attachement cultivé au cours de la vie qui a précédé. L'attachement malsain à la nourriture ou à la boisson, aux drogues, au sexe, à la violence ou à l'ego, la vanité et les autres traits de caractère négatifs nous poussent à réimaginer ces choses pendant le *bardo* final du devenir. La mise en garde du Bouddha n'est pas tant morale que pratique. Ne cherchez pas la moralité pour éviter le jugement dernier, mais pour cultiver des pensées et des actions permettant de ne plus s'attacher à ce monde. Car ce monde n'existe pas vraiment. Les bouddhistes s'efforcent de mener une vie moralement louable, afin de toujours atteindre un niveau de renaissance supérieur et d'accéder à l'illumination. On comprend aisément que ce type de moralité n'est pas fondé sur le désir d'impressionner un dieu ou une déesse par ses prouesses ; mener une vie hautement morale est un moyen, pas une fin en soi. Le *bardo* du devenir peut réellement gâcher une expérience par ailleurs agréable. La mort peut être un choc, mais la claire lumière du cinquième *bardo*, qui rappelle vaguement les descriptions du paradis, est perçue comme une expérience positive. Le cinquième *bardo* est aussi censé être l'occasion de s'éveiller spontanément et d'atteindre l'illumination. Quand une conscience préparée est exposée à la claire lumière, elle a des chances d'accéder à un intense éveil spirituel. Au lieu d'entamer un nouveau cycle de renaissance, cette personne peut choisir de suivre la lumière pure.

Les enseignements bouddhistes tibétains sont très complexes et impliquent de nombreux rituels spécifiques. Les concepts exprimés ici, tout comme dans le reste de ce livre, ne sont que la pointe de l'iceberg. La liste d'ouvrages recommandés à la fin de ce livre vous permettra d'explorer plus en détail les concepts et la littérature bouddhistes sur ces sujets complexes.

Après cette introduction à la notion de* « bardo »*, penchons-nous sur le troisième d'entre eux, la pratique de la méditation.

9

LA MÉDITATION

Tout le monde a entendu parler de la méditation, mondialement considérée comme un excellent moyen de se détendre et de lutter contre le stress. La méditation est un exercice qui mène à la contemplation. Il existe de nombreuses méthodes de méditation, qui diffèrent d'une culture à l'autre. Dans ce chapitre, nous nous intéresserons à la définition bouddhiste de la méditation, ainsi qu'à quelques exemples de pratiques spirituelles méditatives de base.

Le Bouddha a beaucoup parlé de la méditation comme d'un précieux outil sur la voie de l'illumination. Il a enseigné de nombreuses méthodes et techniques de méditation, en soulignant notamment deux bienfaits essentiels pour quiconque cherche l'illumination : la sérénité de l'esprit et le développement de la sagesse personnelle.

Les bouddhistes considèrent l'humanité comme un état de sommeil, où l'être ignore la véritable nature de la réalité. Alors comment s'éveiller à l'état de conscience illuminée ? Le Bouddha a dit : « Oh moines, si les quatre fondements de la pleine conscience sont pratiqués de manière répétée et persévérante, les sept facteurs d'illumination seront automatiquement et pleinement développés. » Voyons donc quels sont les quatre fondements de la pleine conscience qui mènent automatiquement aux sept facteurs, ou types, d'illumination. En effet, les sept facteurs d'illumination sont un aspect du quatrième fondement.

LES QUATRE FONDEMENTS DE LA PLEINE CONSCIENCE

Le *satipatthana*, ou les quatre fondements de la pleine conscience, constitue une part importante de la pratique bouddhiste. Les enseignements et les exercices contenus dans ces quatre fondements aident les bouddhistes à saisir la nature de la réalité ainsi que leur propre nature. La pratique de la pleine conscience, telle que l'observation de soi, est la clé de l'illumination. D'après les bouddhistes, l'éveil spirituel ou la pleine conscience demandent de gros efforts. Ces quatre fondements de la pleine conscience, qui peuvent aussi être perçus comme les quatre fondements de la conscience sensible, sont la pleine conscience du corps, des sentiments, de l'esprit et des manifestations mentales. Dans un célèbre discours, appelé le *Satipatthana Sutta*, Bouddha expose les enseignements des quatre fondements en ces termes :

« C'est la seule façon, moines, de purifier les êtres, de surmonter le chagrin et les lamentations, de détruire la souffrance et les peines, d'atteindre le droit chemin, d'accéder au nirvana ; ce sont les quatre fondements de la pleine conscience. Quels sont ces fondements ?

En cela, le moine vit en contemplant le corps dans le corps, avec ferveur, doté d'une compréhension claire et pleinement conscient, ayant vaincu, dans ce monde, la convoitise et le chagrin ; il vit en contemplant les sentiments dans les sentiments, avec ferveur, doté d'une compréhension claire et pleinement conscient, ayant vaincu, dans ce monde, la convoitise et le chagrin ; il vit en contemplant la conscience dans la conscience, avec ferveur, doté d'une compréhension claire et pleinement conscient, ayant vaincu, dans ce monde, la convoitise et le chagrin ; il vit en contemplant les objets mentaux dans les objets mentaux, avec ferveur, doté d'une compréhension claire et pleinement conscient, ayant vaincu, dans ce monde, la convoitise et le chagrin. »

1. *Kayanupassana* : la pleine conscience du corps

La première pratique est la pleine conscience du corps. Pour cultiver cette conscience sensible, les bouddhistes ont développé les six pratiques suivantes :

ANAPANASATI : LA RESPIRATION

La pleine conscience de la respiration est une pratique d'introduction au développement de la conscience et correspond à l'exercice décrit à la fin du chapitre 3. Même s'il en existe plusieurs variantes, il s'agit généralement d'une méditation assise, où l'on se concentre sur l'inspiration et l'expiration. Le but est de s'ancrer dans l'instant et d'être entièrement présent dans ce monde illusoire depuis son centre intérieur. Les bouddhistes s'assoient dans une position confortable et restent ainsi pendant de longues périodes, concentrés sur leur respiration. L'esprit nous rappelle alors tout ce que l'on a soudainement besoin de faire – des courses, de nouveaux projets, d'anciens projets, des devoirs familiaux et des millions d'autres choses. Mais nous devons rester assis et dans l'instant. Les pensées vont et viennent, brouillant les miroirs de la conscience intellectuelle, mais nous restons assis, et notre conscience sensible aussi. Inspirer, expirer. On dit que cette pratique développe l'autodiscipline. La conscience de la respiration est le fondement sur lequel s'appuient toutes les pratiques à venir.

IRIYAPATHA : LA CONSCIENCE DU CORPS

La pleine conscience du corps est une pratique plus active que la précédente et implique de rester conscient de son corps à chaque instant, que l'on soit assis, debout, en mouvement ou allongé. De même que pour la respiration, le but ici est simplement de cultiver la conscience sensible. Les pensées vont et viennent, l'agitation monte puis redescend, les distractions abondent, mais on reste simplement conscient de son corps sans porter de jugement. On devient plus présent dans la façon dont on occupe son corps.

SATISAMPAJANNA : LA COMPRÉHENSION CLAIRE

La pleine conscience de la compréhension claire aide à accéder au début de la sagesse et du discernement véritables en vivant en pleine conscience. Tout au long de la journée, que l'on se prépare à partir, que l'on regarde la télévision ou quoi que l'on fasse, cela consiste à amener sa conscience intérieure à assister au déroulement de la journée tout en gardant conscience du sens, du bien-fondé, de la présence et de la compréhension de nos actions. On devient alors conscient de notre façon d'être au monde : quand est-on présent ou pas ? Quand nos actions ont-elles un sens ou pas ? Quand agit-on conformément à l'octuple sentier ou pas ? Le tout sans porter de jugement.

KAYAGATASATI : L'OBSERVATION DE LA RÉALITÉ DU CORPS

La réflexion sur la réalité du corps aide à mieux comprendre que nous ne sommes pas notre corps. Le corps humain se compose de différentes parties constituant une forme vivante. Selon les bouddhistes, le corps compte 32 parties. Cette pratique, plus communément appelée « réflexion sur le caractère repoussant du corps », est censée nous aider à lutter contre l'attachement au désir sexuel. Même si le Bouddha conseille à ses disciples de prendre soin de leur corps, car il abrite notre conscience, nous devons apprendre à abandonner l'idée que nous sommes notre corps. Quand on meurt, le corps cesse d'exister ; seule la conscience reste.

DHATUVAVATTHANA : LES ÉLÉMENTS MATÉRIELS DU CORPS

Toujours afin de se détacher du corps et de ses fonctions, les bouddhistes méditent sur les quatre éléments qui constituent le corps physique : la terre, l'air, le feu et l'eau. Dans ce contexte, ils ne considèrent pas ces éléments pour ce qu'ils sont, mais comme des idées ou des concepts. Chaque élément possède plusieurs caractéristiques : la terre est associée au corps, l'eau aux émotions, etc. Le fait de développer la conscience de ces éléments du corps nous aide à nous détacher du sentiment que les expériences causées par ces éléments nous appartiennent.

SIVATHIKA : LES OBSERVATIONS DE CIMETIÈRE

Comme évoqué au chapitre précédent, pour prendre conscience de l'idée que nous ne sommes pas notre corps, les bouddhistes intègrent la méditation dans un cimetière à leurs pratiques spirituelles. Selon eux, l'une des pires illusions dont souffre l'humanité est l'espoir d'immortalité. Nous croyons tous que nous aurons un jour le temps de nous livrer à telle ou telle activité, alors qu'en fait, nous ne disposons que de très peu de temps et il faut agir sans attendre. Les bouddhistes s'efforcent d'en prendre conscience en méditant sur les cadavres, les cimetières et tout ce qui leur rappelle leur mortalité.

2. *Vedananupassana* : la contemplation des sensations

Le deuxième fondement de la pleine conscience est la contemplation des sensations. Dans le bouddhisme, les sensations correspondent aux expériences de la réalité en général, et à des émotions telles que la joie ou la peur.

Le Bouddha classifie les sensations selon trois axes : agréable, neutre ou désagréable ; corporelle ou mentale ; matérielle ou immatérielle. Cultiver la conscience des sensations aide à comprendre ses motivations intérieures, ses degrés d'attachement à ou de détachement à la vie sensorielle, ainsi que la nature transitoire de la vie. Les bouddhistes croient que seul notre attachement à la réalité illusoire, au samsara, nous garde en vie. Prendre conscience de son attachement, de ce que l'on ressent pour les choses, peut nous aider à nous en détacher. Dès lors, nous sommes en mesure de choisir si nous souhaitons ou pas revenir à l'illusion de la vie.

3. *Cittanupassana* : la conscience de l'esprit

De même que les pratiques précédentes, le troisième fondement de la pleine conscience, la conscience de l'esprit, vise à mieux prendre conscience de la réalité illusoire pour dépasser son attachement. On parle ici de l'attachement à l'esprit ou du degré et de la qualité de conscience intellectuelle. Les pratiquants comprennent ce qui motive les pensées ainsi que leur niveau de conscience de base. Autrement dit, quel est le moteur de leurs pensées : le désir, la colère, la jalousie ou toutes sortes de distractions. Parallèlement, l'esprit peut être empli d'amour, de paix, de compassion et de clarté grâce à sa compréhension de la nature des choses.

Les humains ont tendance à observer les autres plutôt qu'eux-mêmes. Les pratiques de pleine conscience aident à ramener l'attention sur soi-même, non pas pour flatter l'ego mais pour le réduire en lambeaux. Prendre conscience de qui l'on est vraiment en son for intérieur peut être une expérience rabaissante, mais elle s'avère nécessaire, surtout si l'on souhaite progresser correctement sur la voie de l'illumination et ne plus se laisser berner par la vie.

4. *Dhammanupassana* : la contemplation des objets mentaux

Le quatrième fondement de la pleine conscience est la prise de conscience des nombreuses choses auxquelles s'attache notre esprit et qui nous ramènent continuellement au cycle de la mort et de la renaissance. Comme vous avez pu le constater, les bouddhistes adorent grouper les choses par catégories, et les objets mentaux ne font pas exception à la règle. Selon eux, en portant son attention sur les groupes suivants, on commence à se libérer de leur influence. Avec beaucoup de persévérance et de pratique, on peut éveiller une véritable attention consciente qui observe notre réalité illusoire et interagit avec elle de façon claire et consciente. Les bouddhistes ont une grande considération pour ceux qui ont développé ces qualités, car cela exige énormément d'effort. Examinons brièvement les nombreux groupes de projections de l'esprit.

NIVARANA : LES CINQ OBSTACLES

Les cinq obstacles font référence aux distractions primaires du quotidien qui nous lient aux choses du monde d'illusions qu'est le samsara. Il s'agit du désir sexuel, de la colère, de la paresse, de l'inquiétude et du doute. Pour les surmonter, les bouddhistes ont identifié cinq antidotes : la méditation du corps ou concentration sur un point unique (méditation sur la nature temporaire de vos vies) remédie au désir sexuel ou à l'attachement aux autres corps ; la bonté bienveillante ou béatitude enthousiaste remédie à la colère ; l'activité et les méditations actives remédient à la paresse ; la conscience de la respiration remédie au stress ; l'étude remédie au doute.

KHANDHA : LES CINQ GROUPES D'EXISTENCE

Les cinq groupes d'existence représentent les choses auxquelles notre ego ou notre personnalité s'accrochent. Ce sont les choses matérielles, les sensations, les perceptions, les objets mentaux et la conscience intellectuelle. Rappelons que, pour les bouddhistes, notre réalité tout entière est une illusion, une projection de l'esprit. Cette illusion inclut nos corps, nos attachements et nos sensations, les choses que nous choisissons de voir ou pas, ce que nous imaginons du monde et notre sens de l'ego. Tout cela fait partie du méga-rêve que nous appelons réalité. Porter son attention sur ces cinq groupes d'existence permet de comprendre que nous ne sommes pas notre corps, ni nos pensées, etc. Quelque chose observe cette réalité qui se déroule devant nous, et cette chose est notre nature véritable.

AYATANA : LES DOUZE FONDEMENTS DE L'ESPRIT

Les douze fondements de toute activité mentale sont les aspects de l'existence qui nous poussent à croire que le monde où nous vivons est réel. Chaque fois qu'une de ces douze activités est engagée dans nos interactions avec notre environnement, on perpétue l'illusion. Notre engagement inconscient dans ce monde provoque un attachement malsain et, par la même occasion, nous rend captifs de la roue de la renaissance karmique. Rappelez-vous que le karma désigne nos actions, et si toutes nos actions favorisent l'attachement aux expériences extérieures, que ce soit un être cher, une activité particulière ou même une façon de voir le monde, alors nous choisirons toujours de revenir à cette illusion, renaissance après renaissance. Les douze fondements de l'esprit correspondent aux six sens et à ce qui les stimule. Il y a l'œil et la forme, l'oreille et le son, le nez et l'odeur, la langue et le goût, le corps et le toucher, et la conscience et l'idée ou l'imagination. Ces douze fondements constituent l'un des cinq agrégats abordés au chapitre 2.

SAMYOJANA : LES DIX ENTRAVES

Les dix entraves sont, comme leur nom l'indique, les dix choses qui, selon les bouddhistes, lient les êtres vivants à la roue de la mort et de la renaissance : la croyance en la personnalité, le doute sceptique, l'attachement aux règles et aux rituels, le désir sensuel, la mauvaise volonté, le désir d'abondance, le désir d'existence immatérielle, la vanité, l'agitation et l'ignorance. Les bouddhistes pensent que se libérer des trois premières entraves permet de s'engager clairement sur la voie de l'illumination. Ceux qui ont surmonté la quatrième et la cinquième sont prêts pour le retour unique : ils reviendront une seule fois dans le monde des humains. Celui qui s'est libéré d'au moins six des premières entraves ne reviendra pas, en tout cas pas sur terre. Ceux qui se sont libérés de toutes les entraves sont des êtres éveillés ou *arahant*. Vous vous souvenez peut-être que nous avons déjà parlé du retour unique, du non-retour et des *arahant*. Les concepts bouddhistes s'observent sous différents angles et de différentes façons, et il existe plusieurs pratiques pour chacun d'eux.

BOJJHANGA : LES SEPT FACTEURS D'ILLUMINATION

Les sept facteurs d'illumination constituent le dernier groupe de projections de l'esprit. Il s'agit de la pleine conscience, de l'investigation, de l'effort courageux, de la joie, du calme, de la concentration et de l'équanimité. Quatrième et dernier fondement de la pleine conscience, les sept facteurs d'illumination commencent par la pleine conscience. Sans elle, il est impossible de vraiment percevoir le caractère illusoire de la réalité.

Grâce à la pleine conscience, les bouddhistes peuvent explorer en toute clarté la véritable nature du phénomène. Les bouddhistes ne conçoivent pas cela comme une démarche scientifique consistant à émettre une hypothèse puis à analyser les résultats de leurs études. Il s'agit plutôt d'une observation intuitive menant à une révélation subite. La conscience en éveil est appliquée à la nature de l'existence, et la réalité est alors observée et comprise depuis un lieu qui dépasse la pensée et la réflexion, du moins lorsque le deuxième facteur d'illumination, l'investigation, est pleinement actualisé. La vérité est tout simplement perçue.

Le troisième facteur, l'effort courageux, fait référence à l'énergie dépensée pour rester concentré sur l'observation consciente de la réalité, intérieurement et extérieurement. Ce type d'effort a été décrit comme une patience sans borne face à l'adversité. Il correspond à l'effort juste du noble octuple sentier.

La joie, la gaieté et l'enthousiasme caractérisent le quatrième facteur de l'illumination. Le Bouddha a souvent répété qu'il n'y avait pas d'illumination sans joie. Les maîtres malheureux n'existent pas. Tous ont trouvé la paix et la joie intérieures. De même que le Bouddha souligne que l'illumination est le fruit de nos propres efforts, les bouddhistes croient qu'il en va de même pour le bonheur. Il ne dépend d'aucun facteur extérieur. On choisit d'être heureux ou de ne pas l'être – cette décision n'appartient qu'à nous.

Le cinquième facteur d'illumination est le calme ou la tranquillité de l'esprit et du corps, lorsque toute agitation physique ou psychique a cessé. Sans calme, il est impossible de se concentrer pleinement. Notre conscience est née dans une machine que l'on appelle le corps et qui nous permet de ressentir les expériences du monde imaginaire que l'on appelle la réalité. Grâce à des efforts intenses, on peut non seulement s'éveiller depuis l'intérieur de cette machine, mais aussi la contrôler de façon adéquate. Comme le but ultime des bouddhistes est l'éveil, toute autre entreprise est secondaire. Laisser libre cours à son imagination, taper du pied au rythme de sa chanson préférée ou toute autre expression changeante sont signe que l'esprit n'est pas concentré. Considérant que la vie dans un corps est une occasion de se préparer à la mort, les bouddhistes croient que le développement de la tranquillité aide à se concentrer durant le processus de mort.

Les cinq premiers facteurs d'illumination mènent au sixième, la concentration. Ces accomplissements permettent de développer la concentration sur un point unique, où la vérité apparaît pour ce qu'elle est. Les cinq obstacles décrits précédemment ont été complètement transcendés et ne constituent plus des distractions sur la voie spirituelle. Tout désir sensuel a été dépassé. La colère, la mauvaise volonté, l'entêtement, la paresse, l'agitation, l'inquiétude et le doute ont totalement disparu.

La combinaison des six premiers facteurs d'illumination mène au septième, l'équanimité, où l'être reste calme en dépit des aléas de l'existence. Les bouddhistes ayant atteint cet état de l'être restent pleinement présents en toute situation, et quel que soit leur niveau d'implication dans une situation particulière, leur état intérieur est un état de détachement et de compassion.

LA SACCA : LES QUATRE NOBLES VÉRITÉS

Les bouddhistes incluent les quatre nobles vérités, qui incluent elles-mêmes le noble octuple sentier, dans les quatre fondements de la pleine conscience, pour rappeler qu'il est nécessaire de les comprendre pleinement pour atteindre l'illumination. Ils considèrent leur philosophie comme une série d'idées et de pratiques connectées entre elles et qui, ensemble, contribuent à l'éveil spirituel.

Les enseignements très structurés du Bouddha, subdivisés en une myriade de sous-catégories, établissent une suite précise d'étapes menant à l'illumination. Le bouddhisme peut être perçu comme une sorte de spiritualité scientifique, comparable à la science de la psychologie, où les scientifiques s'aperçoivent que les émotions existent, même si on ne peut pas toujours les contrôler ni même les mesurer physiquement. Le Bouddha a réuni toutes ses expériences et, de façon méticuleuse et méthodique, a décrit comment il a atteint l'état de conscience qu'il appelle le nirvana. Ce livre se contente de gratter la surface du système de connaissance complexe élaboré par le Bouddha. Certains aspects du développement spirituel sont décomposés de façon extrêmement minutieuse et peuvent faire obstacle à la compréhension des enseignements fondamentaux présentés dans ces chapitres.

Le Bouddha a aussi décrit sa voie du raffinement spirituel à travers ses enseignements sur les huit *jhana* ou états de concentration méditative. Selon la légende, Bouddha eut deux professeurs qui lui enseignèrent les huit *jhana*. Il étudia les sept premiers auprès d'Alara Kalama, et le huitième auprès d'Uddaka. Sentant que ces enseignements ne l'aidaient pas dans sa quête de transcendance de la vieillesse, de la mort et de la maladie, le Bouddha abandonna ces professeurs pour poursuivre sa pratique spirituelle seul, dans la nature. C'est là qu'il prit conscience de ce que certains bouddhistes appellent le neuvième *jhana*.

LES HUIT *JHANA*

Les *jhana*, ou *dhayna*, sont des états de concentration méditative. Leur développement repose sur la concentration juste sur le noble octuple sentier. En effet, les quatre premiers *jhana* sont considérés comme l'expression de la concentration juste. Similaire à la méditation en pleine conscience centrée sur la respiration, la pratique des *jhana* emploie les mêmes techniques pour développer une unicité de la conscience incluant à la fois le sujet et l'objet. C'est une sensation difficile à décrire tant qu'on ne l'a pas ressentie, et nombre de pratiques bouddhistes avancées se déroulent sous la supervision d'un adepte plus expérimenté, capable de reconnaître les signes du développement des élèves.

D'après les bouddhistes, l'expérience des *jhana* transforme les personnes et est d'une telle intensité que ces dernières croient parfois, à tort, avoir atteint l'illumination. Même si les *jhana* ne sont que des jalons sur la voie de l'illumination, ils sont d'une importance capitale. À leur degré le plus élevé, les *jhana* sont associés au développement de facultés que les Occidentaux qualifieraient d'extrasensorielles ou parapsychologiques. Ces dernières sont considérées comme des phénomènes naturels qui doivent être contrôlés avec la plus grande prudence. Les bouddhistes n'encouragent pas l'utilisation de ces pouvoirs s'ils sont le fruit de pratiques spirituelles, car ils peuvent renforcer l'ego de façon malsaine et, par conséquent, accentuer l'attachement au monde illusoire dans lequel nous vivons. Ainsi, bien qu'elles soient le résultat inévitable de pratiques bouddhistes avancées, ces facultés extrasensorielles ne sont jamais employées en public.

Pour faire l'expérience des *jhana*, les élèves doivent pratiquer la moralité, telle que l'a décrite le noble octuple sentier, par le biais de la parole, de l'action et des moyens d'existence justes. Autrement, l'attachement, l'envie et le désir des choses matérielles sont trop forts. C'est lorsque l'élève est prêt à abandonner les choses de ce monde qu'une brèche s'ouvre dans sa conscience, rendant possible l'expérience des *jhana*. Rappelez-vous néanmoins que la moralité, ici, ne fait pas référence à la moralité chrétienne fondée sur la punition et la récompense. C'est un moyen déployé dans le but de se détacher du monde matériel.

Examinons les huit états du *jhana* et comment ils sont vécus par les bouddhistes. Les quatre premiers états sont liés aux sensations physiques et sont appelés « *jhana* matériels ». Les quatre autres, liés aux expériences spirituelles, sont les « *jhana* immatériels ».

Les *jhana* matériels

Après plusieurs heures, mois, années ou décennies de méditation, les bouddhistes peuvent atteindre le premier *jhana*, décrit comme le commencement du bonheur et de la joie, et découlant de longues périodes de concentration ininterrompue sur un point unique sur un sujet quelconque, le plus courant étant la respiration. Une fois que l'on a atteint un niveau élevé de concentration, on est capable de rester concentré sur le sujet (la respiration, un symbole, etc.) tout en déplaçant son attention vers le commencement spontané de la joie.

LES SENSATIONS PLAISANTES

Les *jhana* se caractérisent, entre autres aspects, par la disparition totale des douleurs. Ceux qui méditent se placent souvent en position d'inconfort et sont pris dans un combat acharné entre le désir d'éviter l'inconfort et la détermination à rester concentré et imperturbable jusqu'au début du premier *jhana*. Quelle ironie de constater que les bouddhistes, afin de se libérer de ce monde d'illusion et de souffrance, se mettent volontairement dans des situations inconfortables pendant des heures. La lumière au bout du tunnel est le début des *jhana*, et le premier d'entre eux suffit à évacuer toute sensation de douleur. L'heureuse béatitude qu'il suscite peut atteindre un degré d'intensité comparable à celui de l'extase, au sens religieux. Le corps ronfle de plaisir tandis que le niveau de joie augmente. Cette expérience peut donc s'avérer très perturbante.

LA JOIE

Pour passer du premier au deuxième *jhana*, le pratiquant doit se distancier des sensations et ne pas désirer atteindre les *jhana* uniquement pour la joie et le plaisir qu'ils procurent. Même si c'est un accomplissement remarquable, ce n'est qu'un début. Les bouddhistes qui restent impassibles face aux sensations physiques de joie, de béatitude et de ravissement, et se concentrent sur l'état émotionnel ont atteint le deuxième *jhana*. Ces sentiments de concentration et de calme devraient aller en s'intensifiant, même si le cœur déborde d'un ravissement béat.

LE CONTENTEMENT

Impassibles face à ces sensations de joie, les bouddhistes qui entrent dans le troisième *jhana* ressentent un contentement encore supérieur aux formidables accès de béatitude et de joie qui ont affecté leur corps et leurs émotions. L'intensité de ce contentement accroît la faculté à rester détaché des expériences sensorielles du monde. Le contentement accroît également la qualité de la compassion. Le troisième *jhana* consiste à s'habituer aux sentiments intenses de joie et de ravissement, et à intégrer l'idée que ce ne sont que des sensations, de même que la colère ou la gaieté, quoique beaucoup plus intenses.

Se libérer de l'attachement aux sensations permet à l'élève de ressentir le calme et le contentement sous le tumulte du ravissement. Le ravissement se produit, mais la vie continue.

LA PAIX ABSOLUE

Le contentement peut aussi devenir un obstacle. Les bouddhistes qui restent calmes et centrés en toutes circonstances, même face à la sensation de contentement, atteignent le quatrième *jhana*. Cet état de l'être n'est ni une chose ni son contraire, ni contentement ni mécontentement, ni bonheur ni malheur. Il ne reste plus alors que la concentration de l'esprit et le sentiment de paix totale. Les sensations disparaissent.

Quelqu'un menant une existence ordinaire aura sûrement du mal à concevoir qu'un être vivant puisse trouver cet état désirable. Il peut sembler logique d'étudier des méthodes pour ne pas ressentir les effets négatifs de l'humanité, tels que la colère, la peur ou le stress, mais pourquoi souhaiterait-on se détacher des expériences positives de la vie, comme la joie ou la béatitude ? Rappelons que les bouddhistes croient qu'il existe une réalité en dehors du rêve dans lequel nous vivons, et que ce monde est bien meilleur. En s'attachant à quoi que ce soit dans ce monde, on succombe à la possibilité de son contraire. S'attacher à la joie mène inévitablement à la souffrance une fois que la joie prend fin, même si ce n'est que temporaire. Le Bouddha a découvert un lieu en dehors de ces expériences contradictoires et a passé le reste de ses jours à expliquer à qui voulait l'écouter comment atteindre cette nouvelle réalité, le nirvana. Pour accéder au nirvana, il faut admettre que l'attachement aux expériences du monde ordinaire n'est qu'un état onirique.

Les *jhana* immatériels

Le passage du quatrième au cinquième *jhana* survient lorsque celui qui médite, existant dans un état de conscience sans forme, déplace son attention vers les limites de son être, comme s'il s'observait de loin.

L'ESPACE INFINI

La conscience de la forme physique est remplacée par la conscience des limites de l'espace. La conscience du pratiquant occupe toute la place disponible, comme si elle s'étendait dans tout le bâtiment, le quartier, la planète, le système solaire et la galaxie jusqu'à l'espace sans limites. L'idée d'espace, dans ce *jhana*, dépasse celle de l'espace physique et ne signifie pas que la personne va réellement remplir l'espace, mais qu'elle ressent l'espace infini intérieurement.

Imaginez le choc suscité : passer des limites du corps à l'infinité de l'espace. La première expérience de ce *jhana* est tout aussi bouleversante que le ravissement total évoqué plus tôt.

LA CONSCIENCE INFINIE

On atteint le sixième *jhana* en percevant l'existence d'une conscience qui observe tout cet espace infini, puis en portant son attention sur cette conscience. On perçoit alors que la conscience existe hors du temps et de l'espace. À chaque niveau, la conscience, la concentration et le processus d'éveil atteignent de nouveaux sommets, de nouveaux degrés de complétude.

Aussi prodigieuse soit-elle, cette expérience n'est qu'un début. Les bouddhistes ayant atteint ce niveau ont le sentiment de ne faire qu'un avec toute existence, mais ne sont pas encore éveillés. Il existe une autre connexion au monde de l'espace et du temps, et cet état de l'être est souvent confondu avec le sentiment de ne faire qu'un avec toute existence.

LE VIDE

Le septième *jhana* nécessite de dépasser l'expérience de conscience pour percevoir ce qui englobe la conscience, c'est-à-dire le vide. Ceux qui atteignent le septième *jhana* prennent conscience que tout ce que contient la conscience est dénué des qualités durables permettant de lui donner une nature permanente. L'univers obéit à une dynamique de changement, physique et spirituel. Chaque aspect de la réalité est en mouvement et se manifeste de façon constamment nouvelle et changeante.

Face au vide, l'attachement devient totalement dénué de sens. Si rien n'est réel, alors il n'y a rien à quoi s'attacher. Néanmoins, aussi profonde soit-elle, la révélation qu'il n'existe aucune réalité permanente, qu'il n'y a ni vous, ni moi, ni planète, ni galaxie, ni univers, ni temps, ni histoire, ni futur n'est pas suffisante. À ce stade, l'éveil n'est pas encore atteint.

L'ÊTRE, NI PERÇU NI NON PERÇU

Ceux qui atteignent le huitième *jhana* vont encore plus loin dans le lâcher-prise en entrant dans un étrange état de conscience empli de choses qui, à la fois, « sont » et « ne sont pas ». Arrivés à ce niveau, les bouddhistes se libèrent de la perception de l'espace infini et accèdent à un lieu de calme intérieur profond. Cette sensation de calme absolu est immuable. On pourrait dire que le huitième *jhana* est dans le monde mais pas de ce monde. La conscience est attentive aux événements de la vie de tous les jours, mais globalement, elle existe en dehors de l'espace et du temps. L'esprit tel qu'on le comprend n'est pas présent dans cet état. Les choses ne sont pas nommées par l'esprit, il n'y a pas de ceci ni de cela, pourtant la conscience est encore présente dans le monde du ceci-cela. Le huitième *jhana* est la conscience pure.

Ce concept est si abstrait qu'il est difficile à comprendre pour les gens comme nous, empêtrés dans les aléas de la vie, les devoirs et les obligations que l'on se sent obligés d'accomplir. Lever le voile sur ce que l'on appelle la réalité est une expérience transformatrice et presque indescriptible tant qu'on ne l'a pas vécue.

C'est l'étape qu'avait atteint le Bouddha auprès d'Alara Kalama et d'Uddaka, avant de partir poursuivre ses études seul, dans la forêt.

La nature des bénéfices apportés par le développement des *jhana* fait encore débat. Certaines écoles bouddhistes considèrent qu'ils sont essentiels pour se libérer de l'ignorance qui nous garde captifs des cycles de mort et de renaissance. D'autres considèrent que les fantastiques expériences des *jhana* et les pouvoirs extrasensoriels qui en découlent, appelés *siddhi*, sont des obstacles majeurs sur la voie de l'illumination.

Rappelez-vous simplement qu'il faut rester impassible et détaché face aux expériences vécues lors des *jhana*. Leur intérêt réside dans le développement de la concentration profonde et imperturbable, de la bonté bienveillante et de la compassion. Certains affirment que les expériences des *jhana* n'affectent pas les périodes non méditatives, alors que d'autres méthodes de méditation telles que la respiration *vipassana*, qui implique une méditation active sur la nature changeante de la réalité, favorisent le développement d'une conscience supérieure permanente et durable. Ce point de vue découle de l'affirmation de Bouddha citée précédemment et selon laquelle celui qui parvient à rester dans un état d'observation de soi constant pendant sept jours accède à l'illumination.

LE NEUVIÈME *JHANA* : LA CESSATION

Ce que le Bouddha a découvert au-delà du huitième *jhana* est assez incompréhensible depuis notre état de l'être. Il a décrit un nouveau niveau de l'être et indiqué qu'il n'était pas seul dans cet endroit. Il déclare avoir redécouvert quelque chose qui était autrefois connu sur terre, à une époque au moins aussi ancienne pour lui que son époque l'est pour nous. Aux yeux des gens ordinaires, le Bouddha dans l'état du neuvième *jhana* aurait semblé plongé dans le coma ou le sommeil, respirant à peine, bougeant à peine, pensant à peine, ne faisant pratiquement rien de ce que l'on pourrait associer à l'état d'éveil. Et pourtant, sa conscience était plus grande encore qu'elle ne l'avait jamais été.

Le neuvième *jhana* fait encore débat, quant à savoir ce que le Bouddha trouva au-delà du huitième *jhana* – méditation *vipassana* ou tout autre chose. Comme nous l'avons expliqué, le neuvième *jhana* correspond à un état de l'être qui dépasse l'expérience humaine et le point de vue personnel. Certains pensent que la libération se produit lorsqu'on atteint la cessation des sentiments et des perceptions, d'autres conçoivent l'illumination comme un état situé encore au-delà de cet accomplissement exceptionnel.

10

LA VOIE DE LA PAIX

Ce petit livre d'ésotérisme n'a fait que gratter la surface de la philosophie bouddhiste, mais les enseignements contenus dans ses pages constituent le fondement de la plupart des écoles bouddhistes. Cette introduction nécessite d'être complétée par de multiples couches d'enseignements, de commentaires et de sous-commentaires.

Nombre d'aspects de la pratique bouddhiste nécessitent les conseils attentifs d'un bouddhiste plus expérimenté. La dissolution des attachements constitue une entreprise majeure, qui mène à de nombreuses situations inattendues. Certaines écoles bouddhistes sont plus ésotériques, tandis que d'autres s'efforcent d'incorporer la philosophie bouddhiste au tissu culturel local. C'est ainsi que, par exemple, certains aspects du bouddhisme tibétain ont été influencés par la tradition native Bön.

Le bouddhisme est la voie de la paix et ses pratiquants sont connus pour leurs paroles et leurs actes de paix. La méditation bouddhiste offre au moins un bienfait incontestable : une sensation durable de calme et de paix intérieurs, que l'on peut difficilement critiquer. Et parce que le bouddhisme est une philosophie, et non une religion, de nombreuses personnes adoptent ses pratiques tout en suivant les préceptes de la doctrine spirituelle de leur choix.

La moralité du bouddhisme ayant pour but l'éradication du karma et des attachements en tout genre, l'idée de vivre en paix fait partie intégrante de la culture bouddhiste. Selon cette dernière, toute parole ou action immorale ou malveillante a des effets secondaires qui nous lient au cycle de la mort et de la renaissance. Comme a dit le Bouddha : « La haine n'apaise pas la haine. C'est l'amour qui apaise la haine. Il s'agit d'une loi éternelle. »

En réduisant son attachement au monde de tous les jours, on peut avoir l'impression de se priver de ses plaisirs, de ses joies et de ses triomphes. Certes, mais cette pratique a surtout pour effet de réduire les côtés négatifs de l'existence. Le chagrin, la peur, la colère et le manque de compassion engendrent un monde où aucune paix durable ne peut exister. Par le biais de leurs pratiques spirituelles, les bouddhistes parent à ces expériences et contribuent à la création d'une société plus paisible.

Comme le bouddhisme suppose un monde où il n'existe aucune puissance supérieure, ses enseignements véhiculent une idée d'urgence. Vous devez choisir d'être heureux. Vous devez choisir d'être attentif. Vous devez choisir d'être en paix et vous devez choisir de vous éveiller spirituellement. Certains trouvent cette voie difficile ; d'autres la suivent avec aisance et pratiquent avec une grande joie.

Le bouddhisme est une philosophie qui ne porte pas de jugement : elle reconnaît la nature incomplète de chacun comme une vérité nécessaire. Seuls nos efforts personnels peuvent nous mener à la complétude et à l'éveil intérieur. Pour que cet éveil se produise, il est indispensable de vivre en paix. Il ne s'agit pas là d'une injonction aveugle. La paix est l'expression naturelle du développement sur la voie du bouddhisme : ceux qui s'éveillent trouvent la paix. Grâce aux pratiques méditatives rigoureuses contenues dans les enseignements bouddhistes, les disciples peuvent apercevoir, à travers le voile du samsara, l'illusion onirique où nous vivons et que nous appelons la réalité. C'est ainsi que les bouddhistes apprennent la vérité de la souffrance et de l'insatisfaction, et comment se libérer de cette souffrance. Le long cheminement spirituel du bouddhisme mène à un lieu de calme et de paix intense.

Le cheminement vers la paix est une marque de fabrique du bouddhisme et l'une des raisons de son succès. Dans notre monde moderne et mouvementé, de plus en plus de personnes cherchent la paix intérieure. Le bouddhisme est un véritable trésor de sagesse, qui propose une voie d'accès directe à la paix, pour toutes les personnes, quel que soit leur niveau de développement spirituel. La section suivante, « Pour aller plus loin », propose une liste de livres sur les philosophies bouddhistes de différentes écoles de pensée, qui vous aideront à commencer votre cheminement ou à poursuivre sur la voie que vous avez déjà choisie.

POUR ALLER PLUS LOIN

Les ouvrages cités ci-dessous constituent de formidables sources de renseignements pour débuter. C'est de la que vient une grande partie des informations d'ordre général sur le bouddhisme et des citations du Bouddha rapportées dans ce livre.

Catherine, Shaila. *Wisdom Wide et Deep: A Practical Handbook for Mastering Jhana et Vipassana*. Somerville, Wisdom Publications, 2011.

Chödrön, Pema. *Dire oui à la vie*. Paris, La table ronde, 2001.

Sa Sainteté le dalaï-lama. *Se voir tel qu'on est*. Paris, Plon, 2007.

Evans-Wentz, W. Y. *Milarepa ou Jetsün Kahbum : vie de Jetsün Milarepa*. Paris, A. Maisonneuve, 1973.

Fronsdal, Gil. *The Dhammapada : Teachings of the Buddha*. Boston, Shambhala, 2008.

Hagen, Steve. *Buddhism Plain et Simple: The Practice of Being Aware, Right Now, Every Day*. New York, Broadway Books, 1997.

Hanh, Thich Nhat. *Le Cœur des enseignements du Bouddha : les quatre nobles vérités, le noble sentier des huit pratiques justes et autres enseignements fondamentaux du bouddhisme*. Paris, La table ronde, 2000.

Irons, Edward A. *Encyclopedia of Buddhism*. Éd. J. Gordon Melton. New York, Checkmark Books, 2008.

Osho. *The Buddha Said… : Meeting the Challenge of Life's Difficulties*. Londres, Watkins Publishing, 2007.

Padmasambhava. *Le Livre des morts tibétain : la grande libération par l'écoute dans les états intermédiaires*. Paris, Buchet-Castel, 2009.

Powers, John. *Introduction to Tibetan Buddhism*. Édition révisée, Ithaca, Snow Lion Publications, 2007.

Rinpoché, Anyen. *The Union of Dzogchen et Bodhichitta*. Ithaca, Snow Lion Publications, 2006.

Rinpoché, Sogyal. *Le Livre tibétain de la vie et de la mort*. Paris, La table ronde, 1993.

Rinpoché, Tenzin Wangyal. *L'Éveil du corps sacré.* Saint-Cannat, Claire lumière, 2011.

Rinpoché, Tenzin Wangyal. *Yogas tibétains du rêve et du sommeil.* Saint-Cannat Claire lumière, 2001

Salzberg, Sharon. *L'amour qui guérit.* Paris Belfond, 2015.

Schmidt, Amy. *Dipa Ma : The Life et Legacy of a Buddhist Master.* New York, Blue Bridge Books, 2005.

Snyder, Stephen. *Practicing the Jhanas.* Boston, Shambhala, 2009.

Suzuki, Daisetz Teitaro. *An Introduction to Zen Buddhism.* New York, Grove Press, 1994.

Trungpa, Chogyam. *Shambhala : la voie sacrée du guerrier.* Paris, Éditions du Seuil, 1990.

Trungpa, Chőgyam. *Pratique de la voie tibétaine : au-delà du matérialisme spirituel.* Paris, Éditions du Seuil, 1976.

NOTES DE FIN

Introduction

« Aujourd'hui, on recense plus de » : forum du Pew Research Center sur la religion et la vie publique. « The Global Religious Landscape », décembre 2012.

Chapitre 1

« Les historiens s'accordent à dire » : Powers, John. *Introduction to Tibetan Buddhism*. Édition révisée, Ithaca, Snow Lion Publications, 2007.

« Les plus anciens textes bouddhistes » : Roseth, Bob. « The Bark of Buddha », publication des anciens étudiants de l'université de Washington, 1997.

« Ces sectes sont trop nombreuses » : Buswell, Robert. *Encyclopedia of Buddhism*. New York, Macmillan Library Reference, 2013 ; Irons, Edward A. *Encyclopedia of Buddhism*. Éd. J. Gordon Melton. New York, Checkmark Books, 2008.

Chapitre 2

« Ce n'est qu'en faisant des efforts » : Suzuki, Daisetz. *The Lankavatara Sutra: A Mahayana Text*. Motilal Banarsidass, 2009.

« Les termes employés sont *tanha* » : Rahula, Walpola. *L'enseignement du Bouddha*. Paris, Éditions du Seuil, 1971.

« À l'inverse, la dernière envie » : Morrison, Robert. « Three Cheers for Tanha », *Western Buddhist Review*, vol. 2, http://www.westernbuddhistreview.com/vol2/tanha.html.

« En dépit de son approche désenchantée » : Thera, Nyanaponika, Natasha Jackson, C. F. Knight, et L. R. Oates. « Mudita: The Buddha's Teaching on Unselfish Joy », Access to Insight, 8 juin 2010, http://www.accesstoinsight.org/lib/authors/various/wheel170.html.

Chapitre 3

« Le mot *samyak*, que l'on traduit » : dictionnaire de sanskrit, spokensanskrit.de.

« C'est pourquoi, pour la plupart des écoles » : Bodhi, Bhikku. « The Noble Eightfold Path: The Way to the End of Suffering », *The Wheel Publication*, n° 308–311, Sri Lanka, Buddhist Publication Society, 2006.

« Même les premiers bouddhistes conseillaient » : Brahmavamso, Ajahn. « What the Buddha Said About Eating Meat », newsletter de la Buddhist Society of Western Australia, avril-juin 1990.

« Le Bouddha a dit : "La pleine conscience" » : Bhikku, Thanissaro. *Maha-satipatthana Sutta: The Great Frames of Reference.* Birmanie, Pitaka Association, 2000.

Chapitre 5

« Il s'agit du bouddha, du *dharma* » : Mizuno, Kogen. *Essentials of Buddhism: Basic Terminology of Buddhist Philosophy and Practice.* Tokyo, Kosei, 1996 (réimpression).

« Tous trois représentent des aspects » : Sangharakshita. *The Three Jewels: An Introduction to Buddhism.* Londres, Rider, 1967.

Chapitre 6

« Une fois que c'est fait, vous devenez » : Rinpoché, Sakyong Mipham. « Becoming a Buddhist », *Shambhala Sun*, septembre 2000.

Chapitre 7

« La *bodhichitta* est un désir » : Rinpoché, Anyen. *The Union of Dzogchen et Bodhichitta.* Ithaca, Snow Lion Publications, 2006.

Chapitre 9

« En cela, le moine vit en contemplant » : Analayo. *Satipatthana : le chemin direct pour la réalisation.* Paris, Almora, 2020 ; Thera Soma. *The Way of Mindfulness: The Satipatthana Sutta and Its Commentary.* Buddhist Publication Society, 5e éd., 1941.

INDEX

K

M

N

O

P

Q

Composition et mise en pages : Maogani

ISBN : 978-2-501-15697-4

7794505

Photogravure : Quadrilaser

Imprimé en Espagne par Unigraf

pour le compte des Éditions Hachette Livre (Marabout),

58, rue Jean-Bleuzen, 92178 Vanves CEDEX.

Dépôt légal : mai 2021

PAPIER À BASE DE FIBRES CERTIFIÉES

MARABOUT
s'engage pour l'environnement en réduisant l'empreinte carbone de ses livres.
Celle de cet exemplaire est de :
300 g éq. CO_2
Rendez-vous sur www.marabout-durable.fr